Fritz Rodewald

Von Brüchen und Sprüngen

Biografische Vignetten

AF192011

Für Ulrike Winkelvoß in memoriam

FSC
www.fsc.org
MIX
Papier aus ver-
antwortungsvollen
Quellen
Paper from
responsible sources
FSC® C105338

© 2011

Herausgeber: Bernd Rodewald

ISBN 978-3-8448-1020-2

Herstellung und Verlag: Books on Demand GmbH, Norderstedt

Erzählen ist eine Selbstbefreiung.
Erzähl es, damit Du es besser verstehst.

Siegfried Lenz

Er fühlte sich wohl im warmen Wasser. Monate dieses Wohlfühlens lagen noch vor ihm. Er wurde durch eine Schnur mit allem versorgt, was er brauchte. Gern lauschte er dem rhythmischen Klang, der ihn zart umtanzte.

Die gleichmäßigen Töne vermittelten ihm das Gefühl von Geborgenheit. Er spürte die von der Trommel ausgelösten Vibrationen. Sie rieselten wie wohlige Schauer durch ihn.

Später im Leben werden ihn sexuelle Erlebnisse, denen tiefe, befreiende Glücksgefühle folgten, an diese Zeit, an diese wohligen Schauer erinnern. Sie werden dann Sehnsucht nach diesem frühen Zustand auslösen.

Im warmen Wasser überfallen ihn Worte. Senken sich in ihn. Aber er weiß nicht, dass es Worte sind. Sie gehen unter im zarten Gemurmel wie das eines kleinen Baches. So wenig wie man Wasser trennen kann, lässt sich das Gemurmel in Worte trennen. Der auferlegte Auftrag wird sein Leben bestimmen, mehr noch: beeinflussen, steuern, umtreiben. Er wird ihn zum Herumtreiber in Ideen, Ideologien, Religionen, im Spirituellen, in Ländern und Berufen machen. Was hätte er in seinem wohligen Wasser wohl getan, wenn er den Sinn und die Last des Wortgeriesels verstanden hätte. Er hätte sich wohl am Wasser tot getrunken. Diese Plage würde er nicht auf sich genommen haben.

Er wird es schwer haben in seinem Leben. Es wird voller Wirrnis, Trauer, Tragödien, Scham, Schuld, Krankheiten, Tränen, aber auch voller Glück, Frieden und Aufwachen sein. Daran wächst er. Vor allem Neugier wird ihn weitertreiben. Wird ihn hindern, durch eigenes Tun wieder zu Erde zu werden. Obwohl er es manchmal vorhaben wird. Diese Neugier wird sein Beschützer sein. Sie lässt ihn wieder und wieder neue Wege einschlagen, die wie ein gefährlicher Weg durchs Moor, wie ein schmaler Pfad auf hohen Klippen oder wie von Birken gesäumte Sandwege waren. Die Birke wird er lieben. Sie ist mit ihrem weißen Stamm so einzigartig unter den Bäumen – eine Fremde in der Baumfamilie.

Auch er wird sich in seiner Familie, in dem Dorf und dem Land fremd fühlen. Ebenso in den Berufen. Aber nie in seiner Beziehung zu ihr, seiner Lebensliebe Ulrike. Aber von all dem weiß er noch nichts. Wehen ihn Ahnungen an? Weich und lautlos wie der Flug der sibirischen Schneeeule auf der Jagd. Die einzige Eule, die am Tag jagt. Er wird eine entdecken und beim Jagen beobachten, wo es sie gar nicht geben darf. In Irland.

Wissenlos bewegt er sich im warmen Wasser und schlägt manchmal um sich. Nimmt die Worte widerstandslos in sich auf. Schwimmt weiter. Obwohl es keinen Raum zum Schwimmen gibt. Es wird ihn sein Leben lang ans Wasser ziehen. Ob beim Töten junger Katzen als Kind auf dem Dorf oder beim Fischen an Teichen, Seen, Flüssen und im Meer.

Noch ist er Wassermann. Aber er wird Friedrich werden. Und Friedrich geworden, wird er doch der Wassermann bleiben.

Friedrich wurde als Kind Battermann genannt. Sobald er richtig laufen konnte, machte er sich auf Entdeckungstouren im Dorf. Je besser das Laufen wurde, umso weiter ging es.

Schnelles Gehen heißt in der Umgebung von Hildesheim battern. Er wollte schon damals weg von Zuhause und hin zu Neuem.

Das erste Ziel, das ihm bewusst in Erinnerung ist, war der Schmied Heinrich Schökel. Ein hoch aufgeschossener Mann; groß wie eine Pappel kam er dem kleinen Jungen vor. Er erschien jeden Morgen zum Frühschoppen in der Kneipe der Eltern. Meistens waren seine Hände schwarz vom Ruß, und in den Falten des Gesichts hatte er sich auch eingenistet.

Denn Heinrich Schökel kam für eine kurze Arbeitspause direkt von der Esse. Er trank immer „ein Rezept": ein Bier und einen Schnaps. In das Bier musste ein Bierwärmer, ein Glasrohr mit warmem Wasser, gehängt werden. Er hatte es am Magen.

Wann immer Friedrich zu ihm kam, glomm in der Esse der Koks. Dort wurde das Eisen zum Glühen gebracht, um es bearbeiten zu können. Aufgeregt beobachtete Friedrich, wie Heinrich Schökel aus dem heißen Flacheisen ein Hufeisen schuf. Dabei stoben die Funken wie ein Schwarm Glühwürmchen bis zur Decke der Schmiede. Der große Raum war geschwärzt von Rauch und Ruß. An den Wänden hingen lauter unbekannte Werkzeuge. Und überall lagen Sachen herum, die Friedrichs Neugier weckten.

Das Flacheisen wurde in der Esse zum Glühen gebracht. Reichte die Glut dafür nicht, dann warf Heinrich Koks nach und zog an einem Blasebalg. Und schon entwickelte sich die richtige Glut. Das jetzt weiche Flacheisen wurde mit einer Zange auf den Amboss gelegt. Und nun geschah das, was Friedrich bestaunte. Mit einem Hammer wurde es zum Hufeisen geformt. Damit die Hammerschläge an der richtigen Stelle und mit der notwendigen Härte trafen, schlug Heinrich vorher zweimal auf dem Amboss den Takt. Beim Schmieden größerer

7

Eisenstücke, dem Reifen für ein Wagenrad etwa, musste der Gehilfe mit einem Hammer den entsprechenden Takt schlagen.

War das Hufeisen fast fertig, wurde es dem Pferd angepasst. Dabei fing das Horn des Hufes an zu qualmen und zu riechen. Noch heute hat er diesen Geruch in der Nase. Das wurde mehrere Male wiederholt, bis das Eisen richtig saß. Heinrich erzählte Friedrich gern Geschichten. Der fragte ihm Löcher in den Bauch: „Onkel Schökel, warum machst du das? Onkel Schökel, wozu brauchst du dies? Onkel Schökel, was ist dies, wo kommt das her?" Und nie wurde Onkel Schökel müde, es ihm zu erklären.

Ein wenig älter und mutiger geworden, wanderte er auch zum Schlosser Henry Othmer. Auch den kannte er aus der Kneipe. Obwohl in seiner Werkstatt ebenfalls eine Esse lag, stand sie nicht immer unter Glut. Hier wurden feinere Sachen geschmiedet. Henry Othmer machte gern kunstvolle Dinge. Er wäre für sein Leben gern Kunstschlosser geworden. Aber das hatte der Vater nicht erlaubt. Ähnlich wie Friedrichs Vater nicht gestattete, dass sein Sohn bei einem Kunstmaler lernen konnte.

Henry Othmer war ein kräftiger Mann, groß und von etwas rundlicher Statur. Ähnlich gelassen und in sich ruhend wie der Schmied. Er steckte voller Humor. Henry Othmer war gleichzeitig auch Installateur. Er baute Heizungen ein, verlegte Wasserleitungen. In der Schlachtezeit konnte man die Dosen mit der frischen Wurst zu ihm bringen. Er besaß eine Maschine, die den Deckel luftdicht auf die Dose brachte. Auch der Onkel Othmer beantwortete die Fragen des kleinen Jungen ernsthaft und verständlich. Friedrich war gern bei ihm.

Der Stellmacher Alves hatte es ihm angetan. Friedrich hat ihn als klein und hager in Erinnerung. Ebenso aufgeschlossen wie die anderen Handwerker war er bereit, Friedrichs Fragen ernsthaft zu beantworten. Stellmacher Alves arbeitete mit Holz. Er baute und reparierte Leiterwagen, Treppen oder Zäune. Sogar Wagenräder konnte er herstellen. Dazu lieferte Heinrich Schökel dann die eiserne Bereifung. In dieser Werkstatt lernte Friedrich die Werkzeuge der Holzbearbeitung kennen. Für Kinder drehte der Stellmacher auch schon mal einen „Pindopp", einen Kreisel.

Was er beim Stellmacher Alves über die Arbeit mit Holz lernte, wurde erweitert bei Heinrich Alpers, dem Tischler des Dorfes. Heinrich Alpers war schlank und groß, wie fast alle anderen Handwerker. Ob das an der Arbeit oder am Krieg lag, diese Frage stellte sich Friedrich damals nicht. Er hatte immer eine blaue Schürze umgebunden. Die war so voller Leim, dass sie von allein stehen konnte. Noch immer ist Friedrich der Geruch des Holzes in der Nase. Er stellte fest, dass Eiche und Tanne anders als Esche riecht. Heinrich Alpers machte feinere Sachen als der Stellmacher. So konnte er kunstvolle Treppen, die um die Ecke gingen, konstruieren. Er baute Fenster. Aber auch Särge. Davor grauste Friedrich.

Dann ging er lieber zu Schuster Otte gegenüber der Tischlerei. Bei ihm saß Friedrich besonders gern. Es roch so gut nach Leder, Wachs und Schuhcreme. Onkel Otte hat es gut, dachte Friedrich. Denn der konnte bei der Arbeit sitzen. Er war auch der beste Erzähler. Er steckte voller märchenhafter Geschichten und Anekdoten von früher. Wahrscheinlich war er ein guter Erzähler, weil seine Arbeit körperlich weniger anstrengend war.

Oft war er auch in der Sattlerei Speckesser. Die hieß wirklich so und lag in der gleichen Straße wie sein Elternhaus. In der Sattlerei roch es ebenso gut nach Leder wie bei Schuster Otte. Große Lederstücke hingen neben ganz anderen Werkzeugen an den Wänden. Vater und Sohn Speckesser stellten noch Geschirre und Zaumzeug für die Pferde her. Auch mal einen Sattel. Vater und Sohn Speckesser waren sehr unterschiedlich. Den alten Vater hat Friedrich als kleinen, schmalen aber feinen Mann in Erinnerung. Der Sohn, im Alter von Friedrichs Vater, trug wohl wegen seines kräftigen Schmerbauches den Spitznamen Moppy. Ein Bein war ihm im Krieg weggerissen worden.

Aber am meisten imponierte Friedrich der Friseur Opa Siede. Ein vom hohen Alter klein gewordener, rundlicher Mann mit Glatze. Imponierend sein weißer, stacheliger Schnauzbart. So war auch sein Wesen. Und Friedrich fragte sich: „Kommt die Stacheligkeit vom Schnauzbart oder ist der Schnauzbart so stachelig, weil Opa Siede so stachelig ist?" Die Mutter wagte einmal, Opa Siede anzugeben, wie er ihren Jungens die Haare schneiden solle. Da knurrte er sie an: „Liebe Frau, in meinem Salon bestimme immer noch ich, wie ich die Haare schneide. Und damit basta." Diese förmliche Anrede wählte er wohl, weil die Mutter von „butten rin" geheiratet hatte.

Opa Siede kam zu seinen Stammkunden zum Rasieren ins Haus. Wenn es sein musste, zog er auch schon mal einen Zahn. Bei ihm roch es nach 4711 und nach Rasierseife. Sein Fahrrad hatte links am Hinterrad eine verlängerte Nabe. Auf die setzte er den linken Fuß, stieß sich mit dem rechten Fuß ab und schwang sich dann wie ein Reiter in den Sattel.

Das Original des Dorfes war aber der alte Mauschebär. An seinen richtigen Namen erinnert Friedrich sich nicht. Mauschebär hieß er wohl, weil er immer etwas zottelig angezogen war. Sein tapsiger Gang, seine dicke Gestalt, seine heisere, kräftige Stimme erinnerten an einen Bären. Die Stimme brauchte er. Denn er war der Ausrufer der Neuigkeiten und Veranstaltungen im Dorf.

Mauschebär erhielt vielleicht einen Fünfer für das Ausrufen. Er zog mit einer schweren Handklingel los, hielt an jeder Ecke und klingelte die Neugier der Menschen hervor. Dann brüllte er mit seiner kräftigen, heiseren Stimme: „Aaaalllllesss herrrrrhörrren: Heute Nachmittttachchch, im Gaaaasthausss Rodewald, ist deeer Scheeerrrenschlaaaferrr."

Und da der Scherenschleifer im Gasthaus der Eltern die Schleifsteine surren lies, schaute Friedrich ihm zu. Umsonst schleifte der ihm sein Taschenmesser. So scharf, dass Friedrich sogar Papier damit schneiden konnte.

Und der Vater? Er stellte Friedrich vor viele Prüfungen. Jede Prüfung brachte ihm neue Erfahrungen. Damit wuchs seine Klugheit. Stetig und langsam wie eine knorrige Eiche, die kein noch so hungriger Sturm umwerfen kann. Sie ist zu fest verwurzelt.

Der Vater war unerreichbar für ihn. Im Krieg war er körperlich abwesend gewesen. Als er wieder da war, hatte er sich ganz in sich zurückgezogen. Oder war betrunken.

Friedrich kann sich an kein Gespräch mit dem Vater erinnern. Allenfalls an Schimpfe und Schläge. Angst machte er ihm. Der Vater war sehr groß. Aus dem Krieg kam er abgemagert und still zurück. Das verlor sich aber schnell durch das Trinken. Sein Spitzname kam nicht nur von seiner Statur. Er war Vorsitzender der Realgemeinde. Ein wichtiger Posten im Bauerndorf. Und er war im Vorstand der Bank des Dorfes. Nichts Wichtiges ging ohne seine Unterschrift. 'Der Große' wurde er deshalb genannt.

Als der Vater Anfang Fünfzig war, musste er wegen alkoholbedingter Beschwerden ins Krankenhaus. Bei einem Besuch bat der Chefarzt den siebzehnjährigen Friedrich zum Gespräch. Der Vater würde sein sechzigstes Lebensjahr nicht erreichen, wenn er nicht aufhören würde zu trinken. Die Kneipe müsse aufgegeben werden. Das solle Friedrich dem Vater klarmachen.

Natürlich scheiterte dieser Versuch. Friedrich war voller Ärger, Verachtung und Wut. Vorwürfe prasselten auf den Vater nieder. Friedrich schrie in seiner Hilflosigkeit und Verzweiflung: „Wenn du nicht aufhörst zu saufen, dann erlebst du deinen sechzigsten Geburtstag nicht!" Der Vater antwortete leise: „Lieber noch ein paar Jahre gut gelebt, als so alt zu werden."

So kam es auch. Mit siebenundfünfzig musste der Vater ins Kreiskrankenhaus nach Springe gebracht werden. Das Gehirn gehorchte ihm nicht mehr. Die Leber hatte ihren Dienst fast völlig aufgegeben. Nur das Herz pochte qualvoll vor sich hin. Wie ein alter, klappriger Ackergaul, der vergeblich versucht, den Karren aus dem Dreck zu ziehen.

Man teilte der Mutter mit: „Es muss jemand kommen und ständig bei ihm sein. Oder wir müssen ihn in eine Trinkerheilanstalt verlegen." Diese Schmach wollte sich die Mutter ersparen. Sie rief natürlich Friedrich an, der in Hannover als Werbekaufmann arbeitete. Er nahm seinen Jahresurlaub, obwohl er sich zur externen Hochschulreifeprüfung angemeldet hatte. In vier Wochen sollte die erste, die schriftliche, Prüfung sein. Jede freie Minute hätte er für seine Vorbereitungen gebraucht. So packte er seine Bücher und zog zum Vater ins Krankenhaus.

Der Vater war so bleich wie sonnenverbrannte Kalkkiesel am Strand. Die Lider zitterten im Rhythmus des pochenden Herzens. Die Hände flatterten auf der Bettdecke, wie ein Schmetterling vor dem Abflug. Wieder und wieder flogen sie auf.

Über Stunden und Tage ging das so. Bis das Herz des Vaters nicht mehr genug Kraft für die Bedürfnisse des Körpers hatte.

In den Ruhepausen bereitete sich der Sohn auf die Prüfung vor. Je weniger Kraft das Herz des Vaters hatte, umso länger hatte er Zeit für die Vorbereitung. Friedrich war damals sehr religiös. Oft legte er dem Vater seine Hände auf den Kopf und betete für ihn. Das beruhigte den Vater. Es kam wohl eher durch die Berührung der Hände als von den Gebeten. Zum Schlafen rückte der Sohn das Bett des Vaters an die Wand. Stellte sein eigenes Bett als Schutz davor. Das Zittern des Vaters ließ nur dann nach, wenn der Sohn auch im Bett lag und eine Hand des Vaters in seine Hände nahm. Beruhigend auf ihn einredete. Nie waren Vater und Sohn sich so nah wie in diesen letzten Tagen und seinem allerletzten tiefen Seufzer.

Der Sohn bestand trotz dieser Belastungen seine Hochschulreifeprüfung. Sein Vater hätte sich gefreut.

Friedrich geht rückwärts. Er will herausfinden, wie er vorwärts gekommen ist. Daher ist er seit Tagen in Barcelona. Er ist nun schon zwölf Jahre älter als der Vater geworden ist. Friedrichs Suche nach Erinnerungen hat Schwielen an Füßen, im Kopf und in der Seele hinterlassen. Er ist müde und neugierig zugleich. In seinem ersten philosophischen Seminar während des Lehrerstudiums hatte er einmal blitzschnell die Frage des Professors beantwortet: „Was müssen wir wissen und bedenken, wenn wir einen Menschen, einen Philosophen und sein Werk, verstehen und beurteilen wollen?" Friedrich: „Wann lebte er? Wo lebte er? Wie lebte er? Was tat und dachte er?" Der Professor hielt an der Tafel fest: Wann – Wo – Wie – Was.

Friedrich sehnt sich danach, sich selbst zu begreifen. Die Gedanken hetzen durch das Labyrinth seiner Geschichte:

Wann, Wo, Wie und Was? Er kann die huschenden Gedanken nicht alle fangen. Selbst wenn er die größten und feinmaschigsten Netze nach ihnen auswirft, entwischen sie ihm. Der Faden der Erinnerung bildet ein Knäuel mit unendlich vielen Anfängen und Enden. Ihm scheinen im Heuhaufen seiner Vergangenheit viele Stecknadeln verschwunden zu sein. Doch er ist sich sicher, einige der wichtigsten zu finden. An anderen wird er sich die Finger stechen und bluten.

Er ist auf dem Weg zu seinen Anfängen in Spanien. Drängende Sehnsucht nach Freiheit. Das war eine der Triebfedern, die ihn vor vier Jahrzehnten nach Spanien getrieben hatte. Er war erfüllt von der Hoffnung, dass es ein Leben jenseits der lähmenden Leere seiner Gefühle, der Dumpfheit der Gedanken und der erdrückenden Enge der Familie geben musste.

Er wartet in Barcelona auf einen Zug. Der soll ihn zurück und zu dem bringen, der er einmal war. Zumindest ihn dort aufscheinen zu lassen. Er will an die Costa Brava und die Costa Dorada. Dort arbeitete er vor zwei Dritteln seines Lebens mehrere Sommer als Reiseleiter.

Nun sitzt er entsetzt auf dem Bahnhof in Blanes. Es ist nicht mehr jener Fischerort Blanes, der einst der südlichste der Costa Brava ist. An der wilden, roten Felsenküste, die sich von der französischen Grenze bis hierher ausdehnt. Deren Schönheiten sind verschwunden. Versunken in dem endlosen Betonschlamm, der sich vor seinem Erstarren über sie ergossen hat.

Der Tourismus ist hier von dem einst plätschernden Beginn zu einem breiten, wildem Strom geworden. Kein Wunder, dass Friedrich verwirrt ist. Er hat kaum etwas wiedererkannt auf seiner Fahrt entlang der Costa Dorada von Barcelona bis nach Blanes. Nur durch die Schilder auf den Bahnhöfen erkannte er Orte seiner ersten Freiheit wieder.

Der Moloch Tourismus hat kaum noch Spuren für die Erinnerung der Menschen übrig gelassen.

Gern hätte er im Hafen von Blanes gesessen und *Gambas a la plancha* gegessen. Davon konnte er damals immer kostenlos soviel essen wie er wollte. Denn er führte zum Abschluss des Schiffsausflugs entlang der Costa Brava die Touristen in dieses Restaurant.

Vor seinem inneren Auge taucht eine Bucht auf, die er kurz vor Calella de la Costa vom Zug aus gesehen hat. Sie liegt bei San Pol del Mar. Ein Ort, in dem er nie war. Der nicht zerstört aussieht. Eine kleine Bucht sah er vom Zug aus, an der es ein Restaurant wie aus alten Zeiten gab. Friedrich hatte richtig gesehen, wie er später feststellte.

Er fährt nicht nach Blanes zum Hafen. Er möchte den Hafen so in Erinnerung behalten, wie er ihn kennengelernt hat. Ein Horst weißer zweistöckiger Häuser, die sich in den Schutz der südlichen letzten roten Felsen der Costa Brava ducken. Costa Brava, die wilde Küste, hat ihren Namen von diesen zerklüfteten roten Felsen, Klippen und Buchten. In den Häfen tummelten sich Fischerboote im traditionellen Blau, Weiß, Rot und Grün.

Heute steht der Name Costa Brava für wilde, alkoholgetränkte und nicht endende Nächte.

Friedrich will die Erinnerung an den Geruch von Meer, Fisch, feuchten Netzen, an das bedächtige Katalanisch der Fischer, an das Lachen der Frauen beim Reinigen der Netze, an den Geruch der gegrillten Sardinen und Gambas, die den Gaumen reizen, nicht verlieren. Hier haben ihm freundliche Fischer gezeigt, wie man Gambas und nicht ausgenommene, gegrillte Sardinen mit den Fingern isst. Und gleich ist der leicht süßliche Geschmack frischer gegrillter Gambas wieder in seinem Mund.

Damals für ihn als Reiseleiter umsonst, sind sie heute fast unbezahlbar. Sie stammen nicht mehr von der Costa Brava. Sondern sie kommen aus den Zuchtfarmen in den ehemaligen Mangrovenwäldern Ecuadors, Indonesiens oder Pakistans. Damals aß er nie soviel wie er konnte. Dazu war er zu schüchtern. Das ist etwas, das bis heute nicht verschwunden ist. Seine Schüchternheit. Aber viele glauben das nicht. Manche behaupten sogar, er sei arrogant. Dabei ist das nur ein Schutzschild.

Er verlässt den Bahnhof nicht. Holt sich einen Espresso. Raucht eine Zigarette. Beobachtet Menschen. Hier gibt es sie noch, die ländlichen Katalanen. Überall laufen hier Casals' und Picassos herum: kleine, gedrungene, geschmeidige Körper, auf deren kurzem Hals ein fast runder Schädel sitzt, der nach Fünfzig haarlos wird. Die Rundheit der Köpfe ließ wohl die Gedanken und Gefühle Karussell fahren und die unvergleichlichen Klänge, Zeichnungen, Gemälde und getöpferten Kunstwerke entstehen.

Der schlanke, aufgeschossene Dalí, der an der Costa Brava in Katalonien aufgewachsen ist, war nie ein Katalane in diesem Sinne. Mit seinen Schnurrbart-Antennen empfing er wohl Nachrichten und Impulse aus dem Weltall – wie Cees Nooteboom das mal so treffend beschrieb. Aber vor allem wohl von Franco, den er verehrte. Er tanzte aus der Reihe der demokratisch gesinnten, fliehenden Katalanen. So wie Friedrich auch aus der Reihe tanzte. Friedrich nach links und Dalí nach rechts.

Erst im hohen Alter fahren Erinnerungen, Erfahrungen und Wissen jauchzend Karussell in seinem Kopf.

Den Abend verbringt Friedrich in Barceloneta. Das ist der Teil Barcelonas am Hafen. Dort leben Fischer und Arbeiter. Vor dem Abendessen war er am Strand bei der unbeschwert feiernden Jugend. Mit Vergnügen betrachtet er die frei fliegenden Brüste. Ihn beglückt, was er hier zu sehen bekommt. Aber dieses Glück ist frei von sexuellen Gefühlen. Immer schaut er bei Frauen auf die Brüste. Immer war er neidisch darauf. Nun steigt in ihm das erste Mal eine Ahnung auf, woher das wohl kommen mag. Die Mutter wurde kurz nach seiner Geburt wieder schwanger. Er wurde schon nach drei Monaten abgestillt und aus dem elterlichen Schlafzimmer in Einzelhaft verbannt. Nicht nur auf die warmen, weichen, Trost, Geborgenheit und Kraft spendenden Brüste musste er verzichten. Sondern auch noch auf Gesellschaft. Er soll fast ein Jahr die Nächte durch geschrien haben. Niemand kam und tröstete ihn. Später wird die Mutter Friedrich sagen, warum: „Gott, wir wussten das doch nicht anders. Man hatte uns doch gesagt, Jungen darf man nicht verwöhnen."

Und bei diesen traurigen Erinnerungen steigen Gedanken und Erfahrungen aus seiner psychoanalytischen Arbeit in ihm auf. Für ihn mag also mit dem Verschwinden der Brust Genussverzicht, Einsamkeit und Verlassenwerden verbunden sein. Die Brust hat sich so als eine böse Brust entpuppt, und nun sehnt er sich zeitlebens nach der guten Brust. Melanie Klein führte diese Trennung von guter und böser Brust in die psychoanalytische Theorie und Praxis ein. Sie war eine der Pionierinnen unter den Psychoanalytikerinnen und hat vor allem mit Kindern gearbeitet.

Die gute Brust ist das Symbol der nährenden, versorgenden, pflegenden Mutter. Die böse Brust steht symbolisch für die unbewussten, vernichtenden Phantasien der Mutter und auch des Säuglings. Er fühlte sich bedroht und verletzt durch die

Brust, die sich ihm ohne sein Zutun darbietet oder entzieht. Er will sie haben, sich einverleiben. Aber dann wäre sie ja weg. Würde vernichtet. Dabei braucht er sie doch so sehr. Das mag unglaublich klingen. Aber im Unbewussten von Mutter und Kind tanzen diese aggressiven Gefühle und vernichtenden Phantasien ihre wilden Boleros.

Morgen vor fünfundsechzig Jahren hat er das warme Wasser verlassen. Er fühlte sich dort nicht mehr wohl. Es war ihm zu eng und zu dunkel. Er kann die Theorien nicht verstehen, nach denen sich Menschen wieder in den Uterus zurücksehnen. Sie haben ihn doch gerade deswegen verlassen, weil es ihnen zu eng geworden war.

Morgen wird er früh nach St. Pol fahren. Er sehnt sich nach diesem Dorf mit seiner Bucht. Es besitzt Charme wie ein von Zeit, Wind, Meer und Sonne gegerbtes Fischergesicht. St. Pol hat Ähnlichkeit mit dem alten Barceloneta.

Auf dem Weg zu seinem Lieblingslokal Can Ganesa in Barceloneta nimmt er mit Absicht die Carrer St. Michael. Von Balkonen schmeicheln sich Partituren in sein Ohr. Die Gesangsfolgen von Distelfink, Buchfink und Bluthänfling. Der Bluthänfling ist der brillanteste Tonmeister. In diesen Jubel fällt ein Kanarienvogel ein. Er hat in sein ererbtes Repertoire Partituren der Wildvögel eingebaut. Friedrich hört sie schon von weitem. Seine Seele fliegt zu ihnen hinauf und hockt sich leise auf das Balkongitter. Dort bleibt sie eine Weile und lauscht.

Friedrich aber bleibt unten, und in ihm steigen wehmütige und glückliche Gedanken und Erinnerungen auf. Wohl ausgelöst durch die Brüste am Strand. Plötzlich ist Ulrike bei ihm. Sie lieben sich auf einem Felsen in einem Fluss.

Im Can Ganesa sitzen am Nachbartisch zwei Doppelgängerinnen der Queen. Sie sehen genauso alt aus und sind auch ebenso kurios gekleidet. Aber als arme Frauen aus Barceloneta in Kunststoff gehüllt. Sie tragen ähnlich hässliche Hüte wie die Queen. Im Gespräch mit Friedrich entpuppt sich eine als ehemalige Barbesitzerin. Ihr Schäferhund mochte die Guardia Civil nicht, so dass die Falangisten ihre Bar mieden. Die Frauen und er sind sich darüber einig, dass die Guardia Civil im Auftrag Francos furchtbar gewütet hat.

Sie freuen sich über die demokratischen Veränderungen Spaniens seit dem Tod des Diktators. Und dennoch plärrt plötzlich die kräftiger Geschminkte: „So schlimm wie heute war es dann doch nicht unter Franco. Alle Politiker sind korrupt." Um dann über 'die Araber', 'die Drogensüchtigen' und 'die Neger' herzuziehen. In Friedrichs Ohren klirrt es. Geht ihr Denken und Fühlen in die Richtung von „bei Adolf gab es das nicht"? Er wendet sich ab.

Hier hat er oft mit Ulrike gegessen. Seit fünf Jahren ist sie tot. In einem Orkan getötet. Vor seinen Augen. Schmerz will ihn überschwemmen. Schnell lenkt er seine Gedanken auf die fliegenden Brüste am Strand. Und Ulrikes tauchen in ihm auf. Er berührte und liebkoste sie, als wären sie verletzliche Vögel. Selbst in den Momenten höchsten Glücks liebten sie sich zärtlich und behutsam. Er lässt sich in diese Erinnerungen fallen. Sie waren beide schüchtern. Nun hört er ihr liebevoll gehauchtes: „Fritzi, ich spüre dich ganz doll in mir."

Er bestellt sich *Sardinas al la plancha* mit Knoblauchsauce. *Al la plancha* bedeutet, es wird auf der glühenden Herdplatte gebraten, damit es fast wie gegrillt schmeckt. Er genießt die Sardinen. Dabei denkt er an die *Rias bajas* von Galizien. *Rias* sind Meerzungen, die weit ins Land hineinragen. In Ribeiro hatten Friedrich und Ulrike in einer Bar an der Hafenstraße gesessen. Jungen brachten ihnen frisch gegrillte Sardinen über die Straße. Die hatten sie auf einem alten Bettenrost gegrillt und mit vollen Händen grobes Meersalz darüber geworfen.

19

Dazu schlürften Ulrike und Friedrich *Vinho verde*, einen frischen, kühlen Weißwein aus japanischen Teetassen, wie das in Galizien üblich ist.

Er wendet sich wieder seinem geliebten Cees Nooteboom zu. Dieser erregt sich gerade über die jahrhunderte während Dekadenz des spanischen Königshauses. Beginnend mit *los Reyes Católicos*. Die Katholischen Könige. Nur so bezeichnet man sie in Spanien. Ferdinand von Aragon und Isabell von Kastilien nennt sie niemand.

Friedrich besitzt einen Kanarienvogel, dessen farbliche Schattierung man silber Isabell nennt. Obwohl es ein männlicher Vogel ist, spricht er ihn mit Isabella an. In Erinnerung an diese schrecklichen Könige. Nein, eigentlich in Erinnerung an die Comedian Harmonists.

Die Katholischen Könige ließen die Mauren vertreiben. Dadurch wurde eine einmalige, tolerante und offene Kultur zerschlagen. Unter den Mauren lebten Christen, Juden und Araber friedlich und einander bereichernd zusammen. Zuerst vertrieben die *Reyes Católicos* die Araber mit Lug, Trug, Verrat und Gewalt. Um dann die Juden vertreiben zu lassen. Und danach der Inquisition Tür und Tor zu öffnen. Isabella von Kastilien schwor angeblich, sich erst wieder zu waschen, wenn das Reich der Mauren zerschlagen sei. Wie muss sie gestunken haben.

Die Comedian Harmonists haben es ihr mit einem Spottlied heimgezahlt:

„Schöne Isabella von Kastilien,
Pack deine ganzen Utensilien
Und komm zurück zu mir nach Spanien! ...
Kommst du nicht bald, mein Schatz,
Brauch ich Gewalt, mein Schatz,
Ich mach dich kalt..."

Friedrich ist leicht angetrunken. Frida Kahlo taucht vor seinem geistigen Auge auf. Er schwelgt in den Farben des Films und ihrer Bilder. Wenn diese mexikanische Malerin es geschafft hat, sich von ihren Schmerzen zu befreien, dann müsste er doch auch endlich aus der Trauer auftauchen. Und dann kommen, wohl ausgelöst durch die erotischen Szenen des Films, wieder Bilder von sinnlichen Erlebnissen mit Ulrike in ihm auf. Er hat vor allem ihre Brüste vor Augen, fühlt sie in seinen Händen. Sie sind so zart und gleichzeitig hart. Sie fühlen sich an wie von Michelangelo bearbeiteter Marmor. Friedrich will diese quälenden Gedankensprünge stoppen. Schnell zahlt er. Sucht sich ein Taxi. Laufen mag er nicht mehr.

Er sitzt bei Kerzenschein. Umhüllt von Düften indischer Räucherstäbchen. Er fühlt die Kraft in sich, endlich Ulrikes Kartons im Keller zu öffnen. Friedrich erwartete ein Weh, wie man es spürt, wenn man beim Abschied von einer geliebten Landschaft weiß: Diese sehe ich nie wieder. Der befürchtete Schmerz stellte sich nicht ein. Friedrich hatte Angst gehabt, er könnte das nicht aushalten. Und war erstaunt über seine gelassene Reaktion. Aber das ist wohl deshalb so, weil er ein Trauertagebuch schrieb. Weil er wieder und wieder über sie und ihren Tod geredet hat. Vor allem in Irland, denn dort wird noch Jahre nach ihrem Tod bis heute über sie geredet.

Er war einmal tief ins Moor zu einem abgelegenen See zum Fliegenfischen auf Bachforelle gewandert. Das Fliegenfischen ist eine bewegungsintensive, kunstvolle Art des Fischens. Robert Redford hat dieser Kunst in seinem Film „Aus der Mitte entspringt ein Fluss" ein bewegendes Denkmal gesetzt. Friedrich fischte weit weg von seinem irischen Wohnort Lettermacaward. Das war drei Jahre nach Ulrikes Tod. Auf dem Rückweg traf er einen Bauern beim Torfstechen. Wie in Irland üblich, wurde geplauscht. Nach einer Weile fragte der Bauer Friedrich, wo er wohne. Er sei doch kein Ire. Friedrich antwortete: „Ich bin aus Deutschland und wohne in einem Gras gedeckten Cottage in Lettermacaward." Da sagte der Bauer voller Mitgefühl: „Du musst der Mann sein, dessen Frau so furchtbar ums Leben gekommen ist. Die ganze Gegend war geschockt von ihrem schrecklichen Tod. Wir haben alle mit dir getrauert."

Beim Öffnen der Kartons wunderte sich Friedrich über seine ruhige Kraft. Und doch tauchten die Bilder des Orkantodes wieder in ihm auf. Nicht als plötzliche, unerwartete Blitzlichter, die ihn wieder und wieder überfallen. Dieses Mal liefen die Bilder ihres Todes langsam vor seinem inneren Auge ab. Wie ein trauriger und oft gesehener Film.

Lange hat Friedrich im Trauertagebuch mit Ulrike geredet. Er hat ihr erzählt, wie es ihm geht, was er erlebt, fühlt und denkt. Hat ihr erzählt, wie sie umgekommen ist. Sie ist bei einem Orkan in Dänemark vor seinen Augen erschlagen worden. Im fünften Monat ihrer Freiheit. Sie hatten beide aufgehört zu arbeiten. Sie wollten reisen. Ulrike wollte vor allem Malen und Töpfern. Ihr Leben endlich selbst gestalten.

Dieses tägliche, schriftliche Reden mit Ulrike hat Friedrich sehr geholfen, die schwerste der vielen Erschütterungen seines Lebens zu verkraften. Die Trauer zu bewältigen. Ihren Tod zu überleben. Vor allem halfen ihm die Erinnerungen an das Glück mit ihr.

Er muss lachen. Lange und laut. Es ist ein befreiendes Lachen. Früher war es in diesem Zusammenhang ein Lachen, in das jemand eine Zitrone ausgepresst hatte. Das befreiende Lachen besuchte ihn die letzten Tage häufiger. Wie ein Besucher, den man gern begrüßt. Ja, er mag diesen Besuch. Zeigt ihm doch dieses Lachen, dass er über dieses sein Leben radikal umstürzende Ereigniss endlich befreit lachen kann. Nein, nicht über ihren Tod. Darüber wird er nie lachen können. Nie wird er von der trostlosen Trauer befreit sein. Das Lachen zeigt ihm, dass er sich von einem bleiernen Schatten befreit hat.

Das heitere Lachen hat er Jutta Ditfurth zu verdanken. Halt. Nein. Eher seiner Ulrike und seiner eigenen jahrelangen harten Arbeit an sich. Jutta Ditfurth hat es mit ihrem Buch über Ulrike Meinhof nur ausgelöst. Mit der ihr eigenen Selbstüberschätzung verkündet sie, dass das nun endlich die wahre Geschichte der Meinhof sei. Sechs Jahre habe sie recherchiert und mit Zeitzeugen gesprochen. Mit Friedrich hat sie nicht gesprochen. Aber über ihn geschrieben.

In einem Interview zitierte Jutta Ditfurth den Satz von Georg Christoph Lichtenberg: „Die gefährlichste Unwahrheit ist die um ein wenig verfälschte Wahrheit." Und verkündete sofort eine um ein wenig verfälschte Wahrheit über Friedrich in einem Ton, als sei sie Mitglied im Posaunenchor von Jericho gewesen. Diese Posaunentöne blies sie auch bei der Vorstellung ihres Buches in Hannover den Zuhörern um die Ohren. Entsetzt sei sie gewesen, als sie herausgefunden habe, wer Friedrich damals geraten habe, zur Polizei zu gehen. Das sei Oskar Negt gewesen. Er sei der wirkliche Übeltäter, faucht es anklagend aus ihr heraus, „als sei es ehrenrührig, an der Verhaftung einer gefährlichen Kriminellen beteiligt zu sein", schreibt die Hannoversche Allgemeine Zeitung einen Tag später.

Früher war Friedrich noch mit Jutta Ditfurth in vielen Dingen einer Meinung gewesen. Nach dem Erscheinen dieses Buches nicht mehr.

Beim Lesen der Seiten über Ulrike Meinhofs Verhaftung liest Friedrich sich in einen schwafelnden Abgrund. Natürlich ist auch auf diesen Seiten Ulrike Meinhof das arme Kind der Verhältnisse. Ein Opfer ihrer kindlichen und pubertären Lebensumstände.

Die Polizisten sollen zu ihr gesagt haben: „Wir können dich AUCH wie ein Schwein behandeln." schreibt Ditfurth voller Empörung. Die Betonung liegt auf dem AUCH. Kein Wort schreibt Ditfurth darüber, dass sich diese Äußerung der Polizisten auf ein menschenfeindliches Zitat der Meinhof bezieht. Meinhof sagte nach der Befreiung von Baader in einem Interview zu der französischen Journalistin Michelle Ray: „Wir sagen natürlich, die Bullen sind Schweine. Wir sagen, der Typ in Uniform ist ein Schwein, kein Mensch. Das heißt, wir haben nicht mit ihm zu reden, und es ist falsch, überhaupt mit diesen Menschen zu reden. Und natürlich kann geschossen werden."

Diesem Interview folgten Schüsse der RAF. Bomben wurden gelegt. Im Springer-Hochhaus in Hamburg und in einer Kaserne der Amerikaner bei Heidelberg. Menschen kamen dabei um oder wurden schwer verletzt.

Bei ihrer Verhaftung waren Ulrike Meinhof und ihr Begleiter Gerhard Müller schwer bewaffnet. Darüber hinaus hatten sie in einem Schminkkoffer eine mehrere Kilo schwere Bombe bei sich. Sie waren nicht auf der Flucht. Sondern auf dem Weg zu neuen Attentaten.

In den Köpfen mancher Leute spukt noch heute der Gedanke herum, dass Ulrike Meinhof eine heldenhafte, klare, tapfere und revolutionäre Kämpferin gewesen sei. Eine Linke also, die von Friedrich verraten worden sei.

Wie schrieb doch Simon Benne in der Hannoverschen Allgemeinen Zeitung: Es sei erstaunlich, dass Jutta Ditfurth eine Stunde und zweiunddreißig Minuten emphatisch über die

Meinhof geredet habe, ohne ein Wort der Kritik an ihr oder der RAF zu äußern. So werden Legenden gebildet. So werden Menschen heroisiert. Ähnlich wie bei Che Guevara. Sein berühmtes Konterfei tragen noch heute Menschen auf T-Shirts vor sich her. Auch Friedrich hat ihn früher verehrt.

Dabei war Che nicht nur ein Kämpfer gegen die Diktatur Batistas, sondern er hat nach dem Sieg zusammen mit Raul Castro unter den gefangenen Feinden wie ein Schlächter so gewütet, dass Fidel ihnen Einhalt bei ihrem mörderischen Treiben gebot. Wie der südvietnamesische General auf der Straße einem Vietcong die Pistole an den Kopf gesetzt und abgedrückt hat, so hat auch Che Guevara gefangenen Feinden und nach seiner Meinung abtrünnigen ehemaligen Mitkämpfern die Pistole an den Kopf gesetzt und abgedrückt.

Auch über die RAF und besonders über Ulrike Meinhof wurde ein luftiges, tiefblaues Seidentuch gebreitet. So als seien sie alle blaue Blumen gewesen. So kommt es dann, dass bei der Buchvorstellung ein Mann über Friedrich bemerkte: „Dieser Verräter, dessen Namen ich nicht in den Mund nehmen mag."

Über die Alt-Nazis, die nichts einsehen wollten oder konnten, sind unter Linken Ärger und Wut immer groß gewesen. Dabei gibt es unter denen, die sich für Linke halten, die gleichen Denkmuster. Auch sie können und wollen nichts einsehen. Nach dem Motto: „Es kann nicht sein, was nicht sein darf." Um das wie auch immer entstandene Bild vom eigenen Ich nicht zu beschädigen. Morde der RAF werden entweder nicht wahrgenommen oder zum revolutionären Akt verklärt. Unangenehme Wahrheiten abgewehrt.

Diese Form der Abwehr nennt man in der psychoanalytischen Theorie und Praxis Verleugnung oder Verkehrung ins Gegenteil. Ein typisches Beispiel dafür ist auch die Rede des badenwürttembergischen Ministerpräsidenten Öttinger auf

Filbinger, in der er ihn sogar zum Widerstandskämpfer stilisieren wollte.

Die gleichen Muster der Abwehr wiederholen sich bei manchen, die mit der RAF sympathisierten. Und es heute noch tun. In besonderem Maße sind diese Mechanismen bei der Legendenbildung um Ulrike Meinhof wirksam. Ihr mörderisches Handeln wird als revolutionäre Tat dargestellt.

Diese Sympathisanten gehören zu den 'ewig Gestrigen'. So nannten wir doch die Eltern, die nicht einsehen wollten, was während des Dritten Reiches geschehen war. Die zum Beispiel bemerkten: „Aber Adolf hat doch die Autobahnen gebaut und die Arbeitslosen von der Straße geholt." Und über die RAF und die Meinhof im Besonderen schwirrt noch in vielen Köpfen die Meinung: „Sie haben doch nur Gutes gewollt." Friedrich packt die Wut. Die Wut über diese, sich für Linke Haltenden, die an der Heroisierung der RAF festhalten. Ausgelöst wurde diese Wut durch Jutta Ditfurths um ein wenig verfälschte Wahrheiten.

Was hatte sich damals im Juni 1972 vor, während und nach der Verhaftung von Ulrike Meinhof ereignet? Um der weiteren Legendebildung den Nährboden zu entziehen, schildert er hier genau, was damals geschah.

Da kommt am 14. Juni 1972 gegen Mitternacht eine fremde Frau zu Ulrike und Friedrich. Sie fragt, ob ein Paar ein paar Tage bei ihnen wohnen könne. Das war für Friedrich nichts Ungewöhnliches. In seinen Kreisen gewährte man Menschen Unterschlupf für ein paar Tage oder für eine Nacht. Menschen, die man nicht kannte.

Während des Vietnamkrieges hatte Friedrich amerikanische, desertierende Soldaten bei sich versteckt, die ins Asyl nach Schweden gelangen wollten. Da wusste er sich einig mit Walter Jens und anderen. Den Bedrängten musste geholfen werden. Keine Fragen wurden gestellt. Diese Menschen wurden aufgenommen und weitergeleitet.

Deshalb fragte er die Frau auch nicht, wer denn bei ihnen übernachten wolle. Von ihr kam die harmlos klingende Frage: „Wollt ihr auch politisch diskutieren?" Da hätten bei Friedrich Alarmglocken schrillen müssen. Stattdessen verabredete er mit der Frau, dass das Paar am nächsten Tag ab 18 Uhr kommen könne.

Als Funktionär im Geschäftsführenden Bundesvorstand der Lehrergewerkschaft GEW hatte er sich mehrere Male in seinen Reden von der RAF abgegrenzt. Öffentlich keinen Hehl aus seiner Meinung gemacht und das mörderische Handeln der RAF verurteilt. Daher schöpfte er auch keinen Verdacht, als er um Übernachtung gefragt wurde.

Aber bei seiner Freundin Ulrike Winkelvoß schrillten die Alarmglocken laut: „Das sind welche von der RAF. Die kommen hier nicht ins Haus. Wenn Du nicht zur Polizei gehst, gehe ich." Friedrich warf ihr vor: „Du sitzt doch nur der allgemeinen Hysterie auf." Noch heute erzählen Menschen: „Wir haben doch damals alle darüber diskutiert: Was machen wir, wenn die Meinhof bei uns anklopft?" Sogar ein wenig stolz. In Sinne von: „Die klopfen bei uns an, weil sie uns auch revolutionären Mut zutrauen."

Friedrich und Ulrike zankten sich die halbe Nacht. Daher beriet er sich am nächsten Tag mit einem Freund. Nein, nicht mit Oskar Negt, wie Jutta Ditfurth voller Empörung schreibt.

Das Ergebnis der Besprechung mit dem Freund war: Sind die beiden harmlos, dann haben sie von der Polizei nichts zu befürchten. Sind es aber Täter der RAF, dann muss deren mörderischem Treiben ein Ende gesetzt werden.

So ging Friedrich zum Landeskriminalamt. Er rief also nicht bei der Polizei an, wie Ditfurth schreibt. Dort trug er einem

Kommissar seinen Verdacht vor. Der zeigte sich nach Friedrichs Eindruck mäßig interessiert.

Er kam dann am 15. Juni 1972 gegen 17 Uhr vor seiner Wohnung in Langenhagen an. Der Schreck fuhr ihm in die Glieder. Aus seinem Wohnhaus wurde eine sich heftig wehrende Frau in einen Wagen gezerrt. Ein Menschenauflauf. Diskutierende, schreiende und klatschende Menschen blockierten den Verkehr auf der Straße und umringten das Auto. Darunter auch Journalisten mit Kameras.

Mehr nahm er nicht wahr. Seine Aufmerksamkeit wurde ins Innere gerissen. Panische Angstgedanken zuckten durch ihn. Ihm war klar, er ist in was sehr Schreckliches verwickelt wurde: „Dein Leben wird nicht mehr so sein, wie es bisher war."

Aber trotz des Gliederschrecks versagte zum Glück sein Verstand nicht. Friedrich hatte damals einen wirren Vollbart und lange Haare. Die waren mit einem bunten Tuch gebändigt. Er war bunt und flatterig angezogen. Sein Auto war voller Flugblätter und mit Auszügen aus dem Grundgesetz beklebt. Ein Mann ging vorbei. Scheinbar unauffällig musterte er das Auto und den bunten Fahrer. Friedrich erkannte sofort, dass es ein Kriminalbeamter war. Der blieb zehn Meter weiter stehen und tat so, als ob er sein Auto bewunderte.

Friedrich ging ins Haus. Die Treppen im Hausflur hinauf. Hinter sich hörte er leise Schritte. Der Körper fing vor Angst an zu zittern. Aber der Verstand sagte ihm: „Bleib ruhig. Nur keine falsche Bewegung." Das war ein womöglich lebensrettender Impuls. Vor seiner Wohnungstür angekommen, griff er nur mit Mittel- und Zeigefinger in die Jackentasche nach dem Schlüssel. Damit wollte er dem hinter ihm kommenden Polizisten nicht zu falschen Vermutungen Anlass geben. Denn aufgrund der RAF-Morde und der daraus entstandenen Hysterie saßen auf beiden Seiten die Pistolen locker. Bei Fahndungsmaßnahmen waren schon Menschen erschossen worden. Er empfand das erste Mal in seinem Leben Todesangst.

Als er die Wohnung aufschließen wollte, wurde die Tür von innen aufgerissen. Zwei Pistolenmündungen starrten ihn an. Zum Glück war auch der Kommissar dabei, der seine Verdachtsmeldung aufgenommen hatte. Der sagte: „Schauen Sie mal, wer bei Ihnen wohnen wollte." Auf dem Tisch im Wohnzimmer lagen ein Schminkkoffer, Geldbündel, mehrere Pistolen und eine Maschinenpistole.

Der Kommissar fragte ihn: „Wie sind die hier reingekommen? Hatten Sie denen einen Schlüssel gegeben?" Da schwangen schon Verdächtigungen mit. Die sollten Jahre später in nächtelangen Verhören seitens des BKA immer massiver werden. Man unterstellte ihm, dass er zur RAF gehöre. Aber davon ahnte er noch nichts. Wie er überhaupt noch nicht ahnen konnte, wie radikal und furchtbar sich sein Leben verändern würde.

Die beiden Fragen des Kommissars konnte er beantworten. Er ging zur Tür und kontrollierte. Das Paar war zu früh gekommen und hatte vor verschlossener Tür gestanden. Da hatte dann offenbar einer von beiden das kleine Guckfenster der Tür gewaltsam aufgedrückt und konnte so die Klinke erreichen. Abgeschlossen wurde damals und wird auch heute bei Friedrich nicht. Er wollte und will nicht ständig an Sicherheit und Einbrecher denken.

Vielleicht hat ja Günter Grass diese Frage nach dem Schlüssel schon damals telepathisch mitbekommen. Denn in seinem Buch „Mein Jahrhundert" schreibt er für das Jahr 1972 über Friedrich und die Verhaftung von Ulrike Meinhof im Stile eines Tatsachenberichts. Allerdings mit persönlicher Stellungnahme, denn er erklärt sich mit Friedrichs Entscheidung, zur Polizei zu gehen, einverstanden.

Aber neben einigen Unrichtigkeiten über seinen schulischen und beruflichen Weg ist Friedrich mit einem Satz ganz und gar nicht einverstanden. Grass schreibt, dass Friedrich zu seiner Ulrike gesagt habe: „Was sollen wir denn jetzt machen? Ich habe ihr doch den Schlüssel gegeben." Einen Schlüssel hatte er der Quartiermacherin aber nicht gegeben. Darüber hinaus suggeriert das „ihr gegeben" – damit sei die Meinhof gemeint – dass er sie also gekannt und gesprochen habe. So füttert auch Grass den vielstimmigen Gesang der Verurteiler: Erst gibt er ihr den Schlüssel. Und dann geht er zur Polizei. Auf Friedrichs schriftliche Bitte um Korrektur hat Grass nie geantwortet.

Wie überhaupt viele, die nicht dabei waren, vorgeben, genau zu wissen, wie es wirklich war. Rainer Röhl verbreitete, Ulrike Meinhof habe einen Freund in Hannover, der Lehrer ist. Mit ihm habe sie vereinbart, sich über ihn der Polizei zu stellen. Noch heute wird wahrheitswidrig verkündet, dass Friedrich gewusst habe, Ulrike Meinhof wolle bei ihm ein paar Tage wohnen. Dabei hatte er sie nie gesprochen oder gesehen. Er kannte sie nur aus ihrer journalistischen Tätigkeit und aus den Nachrichten.

Immer noch gibt es Menschen, die Friedrich für einen Verräter halten. Die nicht wahr haben wollen, dass Ulrike M. selbst eine Verräterin war. Nicht nur an der Humanität, die sie selbst in ihrem früheren Leben so vehement verteidigt und eingeklagt hatte. Sondern auch vieler Sympathisanten. Doch das können und wollen die meisten nicht wissen.

In Ulrike Meinhofs Handtasche fanden die Polizisten 83 maschinengeschriebene Adressen aus ganz Europa. Als letzte war Friedrichs Anschrift handschriftlich hinzugefügt. Die Fahnder freuten sich auf fette Beute. Sie lachten über diese auch bei der RAF ausgeprägte deutsche Ordnungssucht. Wie hatte doch Lenin sinngemäß bemerkt: „Wenn deutsche Revolutionäre einen Bahnhof besetzen wollen, dann lösen sie vorher eine Bahnsteigkarte." Wie ein Treppenwitz der Geschichte. Genau in den Jahren des RAF-Terrorismus wurde die Bahnsteigkarte abgeschafft.

Friedrich wurde ins Landeskriminalamt gebracht. Dort musste er am Schreibtisch des Einsatzleiters Müller Platz nehmen. Er hörte über Stunden mit, was mit der verhafteten, noch unbekannten Frau gemacht wurde. Und er wurde telefonischer Zeuge der polizeilichen Heimsuchung dieser dreiundachtzig Adressaten. Leichtfertig wurden diese Menschen durch die Meinhof-Adressenliste Polizeimaßnahmen ausgeliefert.

Im Hinblick auf ihre Identifizierung leistete Ulrike Meinhof selbst den wichtigsten Beitrag. Von einer knapp überlebten Gehirntumor-Operation steckte noch eine Platte im Kopf. In ihrer Handtasche fand sich die Ausgabe des neuesten 'Stern' – mit einem Bericht über diese Operation. Sogar mit Röntgenfotos, auf denen die eingesetzte Platte zu erkennen ist.

Friedrich saß am Schreibtisch des Einsatzleiters. Und es wurde so getan, als sei er gar nicht da. So hat er aus den geführten Telefonaten mitbekommen, dass sich der Röntgenarzt weigerte, Ulrike Meinhof gegen ihren Willen zu röntgen. Kommissar Müller ließ durch einen Richter dem Röntgenarzt eine einstweilige Verfügung mit sofortiger Wirkung zustellen. Erst unter diesem richterlichen Zwang erledigte der Arzt die von ihm erzwungene Maßnahme.

Jutta Ditfurth schildert dagegen in ihrem Buch eine angeblich „schweinische Behandlung" zur Identifizierung. Und behauptet, Oskar Negt sei der Freund gewesen, mit dem sich Friedrich beraten habe. Negt habe zu ihm gesagt, dass es keine Zwangssolidarität mit der RAF geben könne. Eine Äußerung, die Oskar Negt vor Tausenden auf dem Angela-Davis-Kongress in Frankfurt getätigt hatte. Sinngemäß sagte er dort: „Die Taten der RAF sind keine Leuchtfeuer der Befreiung, sondern Irrlichter."

Friedrich hat tatsächlich mit Oskar Negt über die Verhaftung von Ulrike Meinhof gesprochen. Aber erst einige Tage später. Negt war gerade bei Alexander Kluge. Sie arbeiteten an ihrem Buch „Öffentlichkeit und Erfahrung." Negt konnte sich denken, wo Friedrich für ein paar Tage untergekommen war. Dort setzte er sich mit ihm in Verbindung und riet ihm dringend, bei ihm und Kluge in Frankfurt vor dem Untertauchen vorbei zukommen. Die Polizei hatte Friedrich und Ulrike geraten unterzutauchen wegen unmittelbarer Lebensgefahr durch vermutete RAF-Anschläge.

So fuhren sie bei den beiden in Frankfurt vorbei. Das lange Gespräch mit ihnen hat Friedrich geholfen. Es brachte etwas Klarheit in den Wirrwarr von Gedanken und Gefühlen. Alexander Kluge sagte: „Nachdem Du der Frau zugesagt hattest, das Paar könne kommen, befandest Du Dich in der klassischen Situation einer griechischen Tragödie. Egal, wie Du Dich verhalten hättest, es konnte nur ein tragisches Ende nehmen." Vor allem auch die Gedanken Oskar Negts waren es, die Friedrich geholfen haben: „Wenn sich hier jemand unsolidarisch verhalten hat, dann war es die RAF. Sie hätten Dir sagen müssen, wer da kommen wird. Dann hättest Du Dich klar entscheiden und ablehnen können."

Das Gespräch hat ihn etwas beruhigter abtauchen lassen. Noch ahnte er nicht, wie furchtbar sich sein Leben verändern sollte. Wie er sich selbst verändern würde. Noch ahnte er nicht, dass die Verurteilung und Stigmatisierung als Verräter ihn fast verrückt machen würde. Verrückt im wahrsten Sinne des Wortes.

Friedrichs Vorfahren männlicherseits waren Luftikusse. Nicht nur Verschwender wie der Großvater. Es waren auch Männer darunter, die aus der Reihe tanzten, sich gegen Normen und Gesetze auflehnten, Rebellen und Lebenskünstler. Im 17. Jahrhundert war einer von ihnen hingerichtet worden. Weil er in vier Ortschaften Frauen geschwängert hatte. Er wurde von vier Pferden zerrissen. Im 19. Jahrhundert hieß es bewundernd über einen seiner Vorfahren: De kune water traan. Im Calenberger Platt meint dies: Der konnte Wasser treten. Gemeint war damit, dass er schwimmen konnte.

Da ist sie, die Nähe zum Wasser, denkt Friedrich. Nichts geht in den Familien verloren. Auch nicht über Jahrhunderte. Seine Familie hielt und hält Friedrich ja auch für einen Luftikus und Verschwender. Und die gesellschaftlich und politisch Tonangebenden sahen in ihm einen Rebellen, den man aus dem Staatsdienst entfernen müsse.

Als Kind begeisterten ihn der Struwwelpeter und der Suppenkasper. Sie unterliefen jede Erziehungsmaßnahme. Als Friedrich wurde er ein Hippie, mit langen Haaren, bunter Kleidung, wehenden Schals und Kettchen an Armen und Hals. Immer wieder las er als Kind den Hans-guck-in-die-Luft. Als junger Mann wurde Friedrich ein Sponti, der immer wieder ins Blaue hinein träumte und diese Träume auch verwirklichte. Als Kind erfreute er sich an den Taten von Max und Moritz, die mit Pulver und Sägen die herrschenden Autoritäten auf die Palme brachten. Als Mann stürmte Friedrich mit Worten und Taten gegen Autorität und strukturelle Gewalt an. Der Schrei des kleinen Häwelmann mit seinem „höher" und „weiter" rüttelte etwas in ihm los.

So batterte Friedrich immer weiter weg von den familiären und dörflichen Lebensvorstellungen. Durch religiöse Sekten, philosophische Gedanken, ideologische Verblendungen. Durch

Länder und Berufe. Aber auch durch verschiedene Identitäten. Er kam weiter, als man ihm vorhergesagt hatte.

Der wassertretende Vorfahr war heimlich auf die Jagd in den Niederungen der Leine gegangen. Notfalls musste er fliehen können. Und am besten entkam er, wenn er durch die Leine schwamm. Jagen stand nur den Adeligen und Königen zu. Sie jagten das Wild, das sich auf den Äckern der Bauern sattgefressen hatte. Wenn die Bauern aber auf die Jagd gingen, dann wurden sie als Wilderer verleumdet.

So wurden und werden von den Herrschenden, ob von Geburt, durch Kapital oder gewaltsame Besitzergreifung, die Dinge immer sprachlich und rechtlich auf den Kopf gestellt. Denn wenn jemand wildert, dann sind es die Herrschenden. Die so genannten Wilderer sind also in Wahrheit Rebellen.

Im Dorf dieses Rebellen aus Friedrichs Familie, in Schulenburg an der Leine, hatten die Könige von Hannover ein riesiges Gut. Ein Nachkomme ist durch seine Prügeleien und Ausfälle gegenüber Journalisten bekannt geworden. Auf der Expo in Hannover bekam er den Spitznamen Pinkel-Ernst angehängt. Während seines Besuches dort wurde er fotografiert, als er seine Notdurft am Pavillon der Türkei verrichtete.

Von seinem gleichnamigen Vorfahren Ernst-August steht ein Denkmal vor dem Bahnhof in Hannover. Eine Tafel klärt die Menschen auf: „Dem Landesvater sein treues Volk." Der alte König Ernst August auf einem riesigen Pferd.

Vor Jahren wurde aus dem Besitz dieser Familie ein historisch sehr kostbares Evangeliar von dem bekannten Versteigerungshaus in London für zweiunddreißig Millionen verkauft. Obwohl solche Kulturgüter nur Besitz, aber nicht Eigentum einer Familie sind. Es handelt sich eigentlich um unverkäufliche Kulturgüter. Niemand fand heraus, wie das Evangeliar nach London kam und wer die Millionen erhielt.

Zusammen mit den Grünen hatte Friedrichs Partnerin Ulrike einst eine ironische Protestaktion initiiert. Es wurde eine lange, golden schimmernde Nase gebastelt und die Presse informiert. Mit langen Leitern tauchten die Grünen am Reiterdenkmal auf. Die Polizei wollte sie verjagen, traute sich wegen der anwesenden Presse aber nicht. Diesem Ernst August auf seinem Pferd wurde die goldene Nase umgebunden. Nun sah er wie Zwerg Nase aus. Der sich einen goldene Nase verdient hatte.

Am Jahresende tauchte unter den Fotos des Jahres auch ein Foto dieser Aktion auf.

Ein Leben voller Wirren und Glück. Friedrich war in seinem Gras gedeckten Cottage in Irland. Er hörte das Mantra Om namaha Shivaha. Es beruhigte ihn. Vor allem seine pausenlos stürmenden Gedanken. Es war wie Meditation.

Beim Frühstück stellte er das gelbe Basttablett, über das er sich am Geburtstag im letzten Jahr so gefreut hatte, auf die Erde. Wieder hörte er nicht auf die innere Stimme: Leg es nicht auf die Erde. Du wirst beim Aufstehen drauf treten. Zwei Minuten später knackte es unter seinen Füßen.

Obwohl er ja das Gras wachsen hört, hört er manchmal doch nicht genau zu. Gelassen durch das Om namaha Shivaha betrachtete er den Schaden. Er wird es kleben. Wie er schon viel in seinem Leben geklebt hat. Wieder und wieder sich selbst. Gerade ist er von acht Wochen Psychoklinik zurück. Er ist geheilt von einer schweren Depression mit Angst und Panikattacken. Und wundert sich, dass dieser so oft zusammengeflickte Mensch noch hält. Noch liebt, lebt, fischt, liest, sieht, fühlt, hört, Haus und Garten pflegt, lebendig und neugierig ist.

Friedrich ist traurig, weil er immer noch nicht auf seine innere Stimme hört. Er legt sich die Musik „Wenn die Kraniche ziehen" auf. Tränen waschen Bachläufe in sein Gesicht.

Diese Musik weht ihn mit schwerem Flügelschlag nach Rügen. Dort war er oft mit Ulrike im Herbst. Sie berauschten sich an den Tänzen der Kraniche. Das erste Frostzeichen ist ihr Startsignal, um nach Süden aufzubrechen. Nach dem langen Klinikaufenthalt hörte er gleich am ersten Tag zum überhaupt ersten Mal in Irland Kraniche. Er entdeckte am klaren Himmel zwei lange Ketten, die in Pfeilform nach Norden zogen. Ihre Schreie jubelten schon der Brutheimat entgegen.

In der Nacht hatte er wieder geträumt, dass Ulrike ihn verließ. Ohne ein Wort zu sagen. So war es ja auch. Noch klingt das Weh des Traumes und der Erinnerungen an Rügen in ihm nach. Daher die Tränen. Alles zerbricht. Fällt auseinander, zerspringt.

Er sitzt angeschlagen beim Frühstück. In der Nacht hatte er wieder den schrecklichen Schuldtraum. Freiwillig hatte er wieder angefangen, in der Grundschule zu unterrichten. Nie vorher war ihm aufgefallen, was für ein Ungetüm das Wort "unterrichten" ist. Welche Wahrheit es über die Schule spricht. Es ist eng verwandt mit hinrichten, herrichten, ausrichten, zurichten. Aufrichten passt nicht so recht in seine Gedankenkette, die ihn erschüttert.

Vielleicht rührt dieses neue Betrachten ja von seiner gestrigen Lektüre. Er las über den schrecklichen Richter. Klar, hart und unerbittlich hatte der in der braunen Zeit bei der Marine gerichtet. Später dann schaffte er es sogar bis zum Ministerpräsidenten. Nach einem Urteil darf ihn ein Schriftsteller einen schrecklichen Richter nennen. Dieser Richter Filbinger war auch beseelt von der Gnade des chronisch guten Gewissens.

Ulrike und er hatten ihren Vater mal zu einer Geburtstagsfeier eingeladen. Sie hatte gerade in Hannover die Stätten der braunen Vergangenheit besucht. Wissbegierig und naiv, wie sie manchmal sein konnte, fragte sie ihren Vater: „Was hast Du eigentlich im Dritten Reich gemacht?"

Fast fünfzig Jahre nach dem Entsetzlichen sagt er: „Ich habe nur meine Pflicht getan. Als Richter und Soldat." Zur Judenvernichtung meinte er nur lapidar: „Wir mussten so handeln. Wir waren doch im Krieg mit ihnen." Noch mehr solcher Dummheiten entschlüpften ihm. Seine Enkelin verließ weinend die Wohnung. Ihre französischen Großeltern hatten in der Résistance gekämpft. Auch alle anderen verließen das Fest zu einem Spaziergang.

Zurück blieben nur der Vater und Friedrich. Der sagte zum alten Mann: „Die Wehrmacht hat nicht ihre Pflicht getan, wie Du gesagt hast. Sondern sie ist als mörderische, verbrecherische, vergewaltigende und sengende Bande über viele Länder hergefallen."

Der alte Mann wurde ganz blass. Er hatte auch ein gutes Gewissen. Wie der schreckliche Richter, der kurz vor Kriegsende noch Todesurteile gesprochen und an ihrer Vollstreckung teilgenommen hatte. Er war in seiner sich christlich nennenden Partei einer der Law-and-Order-Wortführer. Er musste dann seinen Hut nehmen, damit nicht noch mehr seiner ehemaligen Freunde aus diesem braunen Sumpf in die Kritik gerieten.

Die Schnur, an der er sich ausgerichtet hatte, war vom Blutrichter Freisler gelegt worden. Nach dieser Richtschnur handelten sie gedankenlos. Aber bedenkenlos denn doch nicht. Sie haben sich ja schon was dabei gedacht: Der Volkskörper muss rein bleiben. Die Soldaten haben zu gehorchen, zu kämpfen, zu stürmen, zu brandschatzen, zu morden, zu plündern, vergewaltigen und zu sterben. Wehe, es macht da einer nicht mit. Die Aufgewachten wurden gerichtet. Wehe, es ließ sich jemand mit Sinti, Roma oder gar Juden ein. Oder, fast noch schlimmer, mit dem eigenen Geschlecht.

Noch ist Homosexualität den meisten Menschen zuwider. Obwohl alle Menschen diese Anteile an homosexuellen Wünschen und Begierden in sich tragen. Wenn auch unbewusst. Deshalb werden die bekennenden Homosexuellen auch so vehement bekämpft. Gilt dieser Kampf doch den eigenen unbewussten homosexuellen Anteilen. Dass es Gesellschaften gab und gibt, in denen Homosexualität offen ausgelebt werden konnte und kann, wird ausgeblendet.

Erst in diesem Jahrtausend bekennt ein Berliner Bürgermeister: Ich bin schwul. Und das ist auch gut so. Viele-andere bekannte Männer und Frauen leben das ganz offen.

Bei Friedrich wohnte mal ein Freund. Er war Lehrer und wegen seiner homosexuellen Neigungen vorzeitig aus dem Schuldienst entlassen worden. Schon in der DDR hatte er es wegen der Verfolgungen und Diffamierungen nicht ausgehalten. Er flüchtete über die CSSR zwischen Motor und Armaturenbrett in den Westen. Das Fluchtgeld von 35.000 Mark hatten seine beiden schon in der Bundesrepublik lebenden Brüder aufgebracht. Nun glaubte er sich in Freiheit. Und war doch auch hier ein gejagter Schwuler. Aber er hat gekämpft. Manchmal am falschen Ort. Manchmal mit falschen Mitteln. Dieser Freund ging dann nach Indien. Er war kurz davor, depressiv zu werden. Denn er war vierzig geworden. Und er grauste sich davor, Haut anzufassen, die einen Menschen schon über vierzig Jahre geschützt hatte. Er kam in Indien beim Baden im Ozean ums Leben.

Nun ist er in seinen Gedankensprüngen aber weit vom Unwort 'unterrichten' abgekommen. Sie nennen es ja auch Erziehung. Im Spanischen sagt man *ensenjare*, also *zeigen,* zu diesem schulischen Prozess. In England *to teach*, also lehren. Aber bei uns heißt es eben *unterrichten* oder *erziehen*. An den Haaren herbeiziehen. Hervorziehen, wegziehen. Ja, so verstehen viele den Job des Lehrers. Zum Glück nicht alle Lehrer. Aber viele Politiker. Und die Eltern. In *erziehen* und *unterrichten* ist nicht *wachsen, reifen, entdecken* und *erfahren* enthalten.

Gerichtet wird in der Schule. Friedrich hatte die Schule im Alter von vierzehn Jahren verlassen müssen. Er war zweimal in der siebten Klasse am Gymnasium sitzen geblieben. Das fiel mit seiner Konfirmation zusammen. Ein Onkel, der sich zum Präsidenten der Familie aufgeschwungen hatte, sagte über ihn: „Der kann von mir aus Straßenfeger werden oder im Kohlenpott arbeiten."

Friedrich saß im "Via Grande" bei Antonio. Er wollte mit ihm Ulrikes sechzigsten Geburtstag besprechen. Sie war eine ungewöhnliche Frau gewesen, groß, schlank, blond und mit einem schönen weichen Gesicht. Auf ihm lag fast immer ein strahlendes Lächeln. Das verzauberte ihre Mitmenschen. Doch dieses Lächeln gefror ihr in dem dänischen Orkan zu leichenblassem Eis. Und allen, die sie kannten, liebten und schätzten, brach es bei der Nachricht ihres Todes aus dem Gesicht, so wie ein riesiger Block vom arktischen Eis abbricht.

Diesen sechzigsten Geburtstag hatte sie mit Freunden im geliebten Irland im Highland Hotel feiern wollen. Sie freute sich schon Jahre vorher darauf. Wie ein Kind teilte sie an ihrem

Geburtstag jedem mit: „Ich habe heute Geburtstag." Und das mit strahlendem Lächeln. Wenn sie sich freute, was oft geschah, dann strahlte sie wie ihr geliebter Klatschmohn im Juni am Rand der Getreidefelder.

Diese Lebensfreude und unbändige Lebenslust trugen dazu bei, dass sie von ihren Schülern so geliebt wurde. Geachtet wurde sie von ihnen, weil sie deren Würde achtete. Über zwanzig von ihnen kamen zur Beerdigung. Nachdem sie voller Trauer und Entsetzen Abschied genommen hatten, fielen Sätze wie: Sie war meine beste Lehrerin... Ich werde sie nie vergessen... Ich habe viel von ihr gelernt. Eine Jugendliche sagte: „Ich möchte so werden, wie sie war." Verehrt wurde sie von Schülerinnen und Schülern, weil sie eben nicht unterrichtete. Sie achtete deren Eigenarten, Wünsche und Interessen. Vor allem deren Würde.

Ulrike hatte sich auf diesen großen Geburtstag gefreut und ihn geplant. Erleben konnte sie ihn nicht mehr. Friedrich hatte dazu bei Javier Marias in „Mein Herz so weiß" gelesen: „Aus Liebe, oder aus dem, was ihr Wesen ausmacht, ist alles Planen vergeblich." Ja, so war es auch in ihrem Fall.

Deswegen plante er mit Antonio ihren sechzigsten Geburtstag. Den will er mit Freunden feiern.

Am Tag vor seiner Abreise in seine selbstgewählte Heimat Irland war er auf der Urnenbeisetzung seines älteren Bruders gewesen. Als die Urne in dem dunklen Loch verschwand, stand Friedrich gleichzeitig auch an Ulrikes Grab. Damals konnte er vor Schock und Verzweiflung nicht einmal weinen. All sein Leid durchfuhr ihn jetzt wie ein von Donner begleitetes Wetterleuchten. Es schüttelte ihn. Aber er spürte auch die Seelenqualen seiner Schwägerin. Da trat er vorsichtig nah an sie heran und legte seine Hände auf ihre Schultern. So hielten sie sich in ihrem Schmerz.

Anschließend fuhren sie zum Kaffee ins Trauerhaus. Die Schwägerin hatte wohl in den letzten vier Wochen die Fotos der Vergangenheit wieder und wieder betrachtet. Sie lagen da. Beim Anschauen weckten sie Stürme der Erinnerung in ihm.

Beim anschließenden Spargelessen erzählten alle aus der Vergangenheit und den Erlebnissen mit dem Toten. Altbekanntes erhielt durch den Tod ein neues Gesicht. Weckte unerwartete Gefühle in ihm. Manche Erinnerungen waren traurig, andere machten ihn wütend. Aber brachten ihn und die anderen auch zum Lächeln.

Nachdem die Anekdoten über den toten Bruder erschöpft waren, kam der 'Familien-Präsident' zur Sprache. Dieser Onkel hatte eine Nichte zweiten Grades geheiratet. Daher verzichteten die beiden auf Kinder. Der Familienlegende nach soll er zu Friedrichs Eltern gesagt haben: „Um euren Erstgeborenen kümmern wir uns. Gebt ihm also nicht den Namen des Hoferben." So kam Friedrich als Zweitgeborener zu seinem Namen. Schon damals gab es also so etwas wie Leihmütter.

Dieser Onkel hatte aber auch viel für seine Schwägerin übrig. Die zweite Schwester des Vaters. Da er kein Mormone war, konnte er sie nicht auch noch heiraten. Beide Frauen waren Friedrich wegen ihrer Vornehmheit und ihres Dünkels verhasst. Die Schwestern waren in dem Gefühl aufgewachsen, etwas Besseres zu sein. Dies bezog seine Nahrung in ihrer Kindheit aus dem Reichtum, den ihre Mutter mit in die Ehe gebracht hatte. Es sollen hunderttausend Goldstücke gewesen sein.

Eine unglaubliche Summe für eine Bauernfamilie im ausgehenden neunzehnten Jahrhundert. Doch es blieb nicht viel davon übrig. In seinem Nationalwahn zeichnete Friedrichs Großvater mit diesem Geld Kriegsanleihen. Die waren gut angelegt, dünkte ihm. Denn fast alle Deutschen hatten ja diesen Dünkel. So wie dieser Dünkel lösten sich auch die hunderttausend Taler in nichts auf. Später sollte dieser Dünkel auf noch furchtbarere Art seine mörderische Herrschaft auf typisch deutsche Art antreten.

Friedrich erinnert sich gern daran, welche Schmach er dieser vornehmen Tante zugefügt hat. Als die Tante sich vor den Bombenangriffen auf Hannover bei ihnen auf dem Dorf versteckte, verschluckte er ein kleines Zahnrad eines Flugzeuges, das er neugierig auseinander genommen hatte. Sie musste seine Ausscheidungen durchsieben. Wäre das Zahnrad nicht auf natürlichem Weg aus dem Körper verschwunden, hätte Friedrich operiert werden müssen.

Im Krieg wurde sie geboren. Im Frieden wurde sie von einem Orkan getötet. Zwischendurch war sie dreißig Jahre mit Friedrich glücklich. Wenn auch nicht immer. Der hatte es nicht leicht mit sich. Sie nicht mit ihm.

Ulrike wäre heute Sechzig geworden. Wenn Freunde von ihr erzählen, dann fällt ihnen meistens als Erstes ihr strahlendes Lächeln ein. Es war ein ganz besonderes, nur ihr eigenes Lächeln, sagen sie. Das zart begann und sich dann strahlend über Gesicht und ihren Körper ausbreitete. Um sich dann in der für sie so typischen witzigen und überraschend treffenden Wortwahl Gehör zu verschaffen.

Wegen dieses Sprachgebrauchs wählte Friedrich in der Todesanzeige als ersten Satz: „Was für eine Schrecklichkeit – würde Ulrike sagen."

Am Abend beim Essen bei Antonio bat Friedrich die Freunde: „Erzählt doch bitte, an was Ihr Euch vor allem erinnert, wenn Ihr an Ulrike denkt. Damit sie bei uns ist." Alle horchten in sich hinein. Ließen sie lebendig werden. Freund Karsten sagte: „Wenn ich an Ulrike denke, dann sehe ich sie vor mir, wie sie voller Lust mit den Händen isst, so, dass ihr die Lust sichtbar am Kinn runter fließt. Und das war sehr ästhetisch. Sie war ein Lustmensch."

Friedrich rührte das an, denn er wusste aus seinen intimen Erfahrungen, wie sehr sie sich der Lust hingeben konnte. Sie war Lust. Ob bei der Arbeit, dem Reisen oder dem Lieben.

Der Freundin und Nachbarin Renate fiel ein: „Bei mir war mal ein Freund zu Besuch. Er konnte Ulrikes bepflanzte, vor Farben explodierende Terrasse sehen und fragte mich, wer da wohne. Als ich ihm sagte, dass da meine Freundin Ulrike wohnt, erwiderte er bewundernd: „Das muss eine besondere Frau sein, der so etwas gelingt." Und Brigitte ergänzte: „Als ich Ulrike das erste Mal bei den Grünen sah, hat mich sofort ihr strahlendes Lächeln eingenommen. Ein guter Mensch, dachte ich. Mit dem möchtest Du befreundet sein." Sie wurden Freundinnen.

Sie war in allem besonders, hatte ihren eigenen Charme und Witz. Vor allem war ihre Offenheit bewundernswert, überraschend und manchmal umwerfend. Mit Friedrich verbrachte sie ihre erste Nacht in einem Hotel, das sie vorgeschlagen hatte. Im Fahrstuhl fragte er sie, woher sie das Hotel kenne. „Hier habe ich mal eine Nacht mit Hans verbracht." Da dachte Friedrich, der sich sofort in sie verliebt hatte: „Das wird wohl nur mal so eine Nacht." Aber es wurde eine Liebe daraus, die nur der Tod beenden konnte.

Friedrich kämpft schon wieder. Diesmal mit sich selbst. Mit seiner Nikotinsucht. Seit dem Kauf des Cottage in Irland hat er aufgehört zu rauchen. Von fast drei Packungen am Tag hat er es von einem Tag zum anderen auf Null geschafft. Er wunderte und bewunderte sich. Da hat sich wieder seine Kraft gezeigt. Zwei traumatische Ereignisse haben nicht dazu geführt, dass er wieder anfing. Um dann nach Jahren aus dem Nichts doch wieder rückfällig zu werden.

Das Entsetzliche war *ihr* Tod. Das schlimme Ereignis war der Brand des Cottage. Das Cottage hatte damals einen Tag vor ihrer Abreise gebrannt. Es wurde nur gerettet, weil sehr schnell viele Nachbarn mit Eimern zum Löschen kamen. Der knochendürre Nachbar Hughy zeigte ihnen auf seinem Grundstück einen Löschteich. Den hat mein Urgroßvater angelegt. Im Falle eines Brandes, nuschelte er zahnlos. Eine Eimerkette wurde gebildet. Das Cottage konnte gerettet werden. Aber der halbe Dachstuhl war weg. Nachbar Charley sagte: „It could have been worse." Da musste Friedrich lachen und dachte an Heinrich Bölls irisches Tagebuch. Dort hatte er diesen Satz das erste Mal gelesen.

Heinrich Bölls Bücher wurden zwar nicht verbrannt. Aber er wurde verteufelt in den siebziger Jahren. Das wird wohl auch zu seinem Tod beigetragen haben. Ähnlich wie bei Peter Brückner, der in einer giftigen, verleumderischen Kampagne in der bleiernen Zeit in den Tod gehetzt wurde. Gegen ihn lief ein Berufsverbotsverfahren. Gegen Friedrich wurde zur gleichen Zeit ein Berufsverbotsverfahren eingeleitet.

Vor vielen Jahrzehnten hatten in Hannover Bücher gebrannt. Auch die Bücher von Böll und Brückner wären darunter gewesen. Es geschah in der Nacht des zehnten Mai 1933. Bald nach der Machtergreifung. Studenten der Tierärztlichen und der Technischen Hochschule zogen in einem langen Fackelzug durch die Innenstadt Hannovers. Sie wurden von Professoren angeführt. An den Straßenrändern begleiteten Tausende Hannoveraner sie mit tosendem Applaus.

In der Mitte des Zuges ein Lastwagen. Er war turmhoch mit Büchern beladen. So genannte „entartete" Literatur von Kurt Tucholsky, Erich Maria Remarque, Lion Feuchtwanger, Karl Marx, Thomas Mann. Unter dem Jubel von Tausenden gingen sie in Flammen auf. Später dann sah man dann weg, als Millionen Menschen brannten.

Der Bücherberg loderte in der Masch, den Sumpfwiesen von Hannover. Kurz danach wurde dort der Maschsee in elender Quälerei mit Todesfolgen von Kolonnen Arbeitsloser ausgehoben. Wenige Besucher des Maschsees heute werden daran denken.

Friedrich muss sich jetzt zur Ruhe rufen und von diesem Springen der Gedanken zum eigentlichen Thema zurückkommen. Aber was ist denn eigentlich das Thema? Gibt es das? Hängt nicht alles mit allem zusammen? Die individuelle Nikotinsucht hat doch ebenso ihre Wurzeln in der Psyche, wie die kollektive Sucht, andere zu vernichten.

Das schlimme Ereignis des Cottagebrandes hatte gute Folgen. In ihrer Abwesenheit reparierten die Nachbarn das Haus als Freundschaftsdienst. Dies festigte in Ulrike und Friedrich das Gefühl, zu Hause angekommen zu sein. Die Heimat gefunden zu haben.

Überfälle der Erinnerungen. Eine Freundin nahm Friedrich mit zur Eröffnung einer Ausstellung. Ein ehemaliger Lehrer einer hannoverschen Gesamtschule stellte die neuesten Bilder seines Schaffens in der Pädagogischen Hochschule aus.

Friedrich hatte keine Ahnung, was auf ihn zukommen würde, als er mit der Freundin zu der Ausstellung fuhr. Er war neugierig, aber gelassen. Obwohl es zu einem seiner ehemaligen Arbeitsplätze ging. Er hat an der Pädagogischen Hochschule sechs Jahre lang in der Lehrerausbildung gearbeitet. Fruchtbare und furchtbare Jahre.

Mehrere Blitze trafen ihn wie aus heiterem Himmel. Menschen, Bilder und das Gebäude selbst brachen Dämme in ihm. Das Innere des Hauses wirkte noch trostloser als zu seiner Zeit Ende der siebziger Jahre. Fast verwahrlost wirkte es. So wie es in seinem Inneren verwahrloste und trostlose Räume gibt. Der Maler in seinem Rollstuhl rührte ihn.

Als Friedrich neugierig die Bilder betrachteten wollte, traf ihn ein Motiv bis ins Mark. Eine leicht abstrakte Wüstenlandschaft, durch die sich eine Pipeline zog. In dessen Mitte standen drei Zelte. Das Bild hielt ihn fest. Dann sah er es. Ein Frauenunterkörper ragte aus dem Sand. Auch er hatte bei Ulrikes Tod nur ihren Unterkörper sehen können. Vibrationen machten ihn zittern.

Gleich darauf traf er einen ehemaligen Studenten. Als der sich nach seinem Befinden erkundigte, sagte Friedrich: „So langsam geht es wieder bergauf." Da fragte der ehemalige Student: „Wieso wieder bergauf? Habe ich etwas aus Deinem Leben versäumt?" Da sprudelte es aus Friedrich heraus. Wohl zum tausendsten Mal erzählte er, wie Ulrike erschlagen wurde. Seine Stimme wurde heiser und leiser und die Augen feucht.

Er ging schnell weg. Doch abermals begegnete er seiner Vergangenheit. Da fast nur Lehrer anwesend waren, kannte er natürlich viele von ihnen. Ihm fiel ein, dass ihn zwei Schulräte aus der Lehrergewerkschaft hatten ausschließen lassen wollen. Immer und überall sollte er ausgeschlossen werden. Diesmal, weil er mit anderen gegen die schnelle Eröffnung dieser

Gesamtschule war. Denn die pädagogischen Planungen waren schlampig gewesen. Friedrich wurde unterstellt, er sei ein Gesamtschulgegner.

Einige der anwesenden Lehrer hatten bei Friedrich studiert. Er erinnerte sich, wie sie sich damals mit Adornos Aufsätzen „Erziehung nach Auschwitz" und „Tabus über dem Lehrerberuf" und Fürstenaus „Zur Psychoanalyse der Schule als Institution" begeistert geplagt hatten. Heute werden diese Werke nicht mehr gelesen.

Es steckten Klöße in seinem Hals. Denn er musste daran denken, wie man ihn mal mit Berufsverbot hatte belegen wollen. Wegen eines Ankündigungstextes für ein Seminar, in dem es um den Zensurenterror gehen sollte. Friedrich hatte in diesem Zusammenhang von millionenfachem Terror gegen Kinder und Eltern gesprochen. Zensurenterror war damals, und ist es immer noch, ein gebräuchlicher Begriff. Nur gab es damals eben die RAF und die vielen Toten auf beiden Seiten der Spur, die sie legten.

Es herrschte in der BRD eine ähnliche Hysterie wie in den USA zu Zeiten von McCarthy in den fünfziger Jahren. Und so ähnlich wie gleich nach Beginn des Irak-Krieges in den USA. Wer sich bei der Oscar-Verleihung kritisch über den Terrorakt gegen das irakische Volk geäußert hatte, bekam keine Rollen mehr. Bücher von Kritikern wurden nicht mehr veröffentlicht.

Friedrich fallen Anekdoten und Witze über George W. Bush ein. Der besuchte mal einen Flugzeugträger im Persischen Golf. Martialisch als Flieger verkleidet. In der Hose zwischen den Beinen war eine wuchtige Auswölbung erkennbar. Man hatte ihm etwas hinein gesteckt. Denn im Amerikanischen sagt man 'you must show your balls'.

Bush besuchte gern Schulen. Nachdem er seine Version zum Irakkrieg dargelegt hat, durften die Schüler Fragen stellen.

Bob meldete sich: „Mister President, ich habe drei Fragen: Wieso sind Sie President, obwohl sie nicht die Mehrheit der Stimmen bekommen haben? Meinen Sie nicht auch, dass die Bomben auf Nagasaki und Hiroshima Terrorakte waren? Warum greifen wir ein Land an, das uns nichts getan hat?" Schweigen beim Präsidenten.

In dieses Schweigen schreit vorzeitig die Pausenklingel. Nach einer verlängerten Pause dürfen die Schüler weitere Fragen stellen. David meldet sich: „Mister President, ich habe fünf Fragen: Wieso sind Sie Präsident, obwohl sie nicht die Mehrheit der Stimmen bekommen haben? Meinen Sie nicht auch, dass die Bomben auf Nagasaki und Hiroshima Terrorakte waren? Warum greifen wir ein Land an, das uns nichts getan hat? Warum war die Pause zu früh und zu lang? Und meine letzte Frage lautet: Wo ist Bob?"

Friedrich sollte 1980 aus dem Hochschuldienst und dem Beamtenverhältnis entfernt werden. Ein Berufsverbot lag in der Luft. Er wurde vom Kanzler der Universität zu seinem Verhältnis zum Terrorismus befragt. Wie er dazu komme, Zensurengebung als Terrorakt zu bezeichnen. Friedrich schwieg in dem Verhör. Er ließ einen Professor als seinen Gutachter sprechen. Und er hatte einen Rechtsanwalt dabei. Es sollte eine zweite Anhörung geben. Vorher machte der Rechtsanwalt dem Kanzler der Universität eine Mitteilung. Erst sollte Friedrich wegen der Meinhof-Verhaftung mit dem Bundesverdienstkreuz ausgezeichnet werden. Und jetzt will der Staat ihn wegen angeblicher Verharmlosung des Terrorismus aus dem Staatsdienst entfernen. Das Verfahren gegen Friedrich wurde daraufhin ohne Erklärung eingestellt. Friedrich hatte neue Blessuren davongetragen.

Bei der Ausstellungseröffnung traf er auch einen ehemaligen Kollegen. Dessen Sohn war bei Friedrich in Therapie gewesen. Der Kollege freute sich sehr und fragte gleich, wie es ihm denn nach Ulrikes schrecklichem Tod ergangen sei. Endlich jemand, der das Entsetzen ansprach. Meist hatte Friedrich das Gegenteil erlebt. Das Darüberhinwegschweigen. Dann sagte der Kollege noch, dass sein Sohn gerade das Abitur gemacht habe. Sie seien Friedrich unendlich dankbar für die therapeutische Arbeit.

Noch liegen Zukunft und Vergangenheit vor ihm. Er ist inzwischen im Wasser gewachsen. Er kann schon an seinem Daumen nuckeln. Er wächst vor sich hin. Lauscht erstaunt dem jetzt beunruhigenden Trommelrhythmus. Der hat sich plötzlich verändert. Schwerer, unruhiger, aufgeregter, verzweifelter und trauriger ist er geworden. Viel später wird er erfahren, dass die Frau, in der er wächst, eine schreckliche Entdeckung gemacht hat. Ihr Mann ist Alkoholiker.

Die Eltern hatten einen Bauernhof und eine Kneipe. Täglich verschwindet der Mann im Keller und trinkt dort. Die Frau wird traurig und depressiv. In ihrer Verzweiflung erzählt sie dem in ihr Wachsenden ihr Leid. Trauer senkt sich in ihn. Sie wird sein Leben begleiten. So wie Geschwister einen ein Leben lang begleiten. Selbst wenn sie nicht anwesend sind.

Nach der Entdeckung des heimlichen Trinkens erinnerte sich die Frau voller Trauer und Sehnsucht an ihren ersten Verlobten. Der war Student der Medizin gewesen. Er hatte als Arzt zu Albert Schweitzer nach Lambarene gehen wollen. Und sie mit ihm. Deshalb hatte sie Krankenschwester werden wollen.

Aber alles kam anders. Der Verlobte hatte Tuberkulose. Angeblich soll er die Pakete der Eltern mit der Butter an ärmere Kommilitonen verschenkt haben. Er war ja zum Helfer geboren und starb an der Tuberkulose. Von seinen Eltern erhielt die Mutter seine Tagebücher. Sie brach ihre Lehre als Krankenschwester ab. Sie arbeitete nun, wie es sich für Mädchen ihrer Herkunft damals gehörte, im Haushalt eines großen Bauernhofes in Friedrichs Heimatdorf. Um sich auf ihre Aufgabe als Ehefrau und Mutter vorzubereiten. Es war auch eine Aufgabe ihrer Träume. So lernte sie Friedrichs Vater kennen.

Nach der Entdeckung des heimlichen Trinkens erinnerte sie sich auch an die Tagebücher des Idealisten. Das in ihr wachsende Kind sollte den toten Verlobten ersetzen. Sie las die Tagebücher heimlich. Aber laut, so dass der Wassermann sie hören konnte. Ohne es zu verstehen. Aber der Sinn senkte sich in ihn. Als er geboren war, las sie es ihm beim Stillen vor.

So wie dieser Mann in ihrer Phantasie war, so sollte Friedrich werden. Was für ein schweres Joch wurde da auf seine noch nicht entwickelten Schultern gelegt. Ihn graust es beim Erinnern. Später begründet er die Verweigerung des Kriegsdienstes mit Albert Schweitzers Philosophie der Ehrfurcht vor dem Leben.

Der Daumen war nicht nur im warmen Wasser, in dem er sich nun nicht mehr so wohl fühlte, der Tröster. Auch später noch. Das führte zu neuem Leid. Denn man wollte es ihm austreiben. Er würde ja sonst nicht hart und zäh werden. Alle Verbote fruchteten nichts. Er war schon damals ein Dickkopf. Später wird man das Kraft nennen.

Zunächst wurde sein Daumen gepflastert. Als er das abnukkelte, griff man zu anderen Maßnahmen. Der Daumen wurde mit scharfem Senf eingeschmiert. Noch heute mag Friedrich scharfen Senf. Diese Maßnahmen, Verbote und Vorhaltungen fruchteten anders als gewünscht.

Sie legten den Samen, der sich zu schnell abrufbarem, schlechten Gewissen auswuchs. Das brachte dann wohl auch den folgenschweren Versprecher in seinem Kindergebet hervor. Jahrelang hatte er vor dem Einschlafen gebetet: „Müde bin ich, geh zur Ruh. Schließe beide Äuglein zu, hab ich Unrecht heut getan, sieh mich lieber Gott nicht an." Jeden Abend wisperte er dieses Gebet voller Angst. Angst, dass der strafende Gott ihn nicht ansehen würde. Friedrich hatte ja ständig das Gefühl schlecht zu sein, Böses getan zu haben. Erst spät in seinem Leben wurden der Versprecher und die Folgen für sein Leben aufgedeckt.

Friedrich wurde zur Ausbildung zum Psychoanalytischen Therapeuten zugelassen. Im Rahmen dieser Ausbildung musste er selbst auf die Couch, um eine Lehranalyse zu machen. In ihr geht es darum, die eigenen unbewussten Gefühle, Wünsche, Wunden, Vorstellungen, Erwartungen und Narben kennen zu lernen. Um sie nicht auf den Patienten zu übertragen. Beziehungsweise zu verstehen, warum welche Patienten welche Gefühle im Therapeuten auslösen. Das nennt man Übertragung und Gegenübertragung. Übertragung ist all das, was der Patient dem Therapeuten entgegenbringt. Gegenübertragung dagegen, was der Patient im Therapeuten auslöst.

Ein Beispiel hilft vielleicht, das zu verstehen. Ein Kind inszeniert in der Therapie Rollenspiele, in denen der Therapeut ein Opfer spielen muss, das gequält, gefoltert, eingesperrt und vielleicht sogar symbolisch getötet wird. Diese scheinbar spielerische, und doch sehr ernste Zuschreibung von Wut-, Hass- oder Vernichtungsgefühlen auf den Therapeuten sind Übertragungen. Das können auch Liebesgefühle sein. Sie haben nichts mit dem Therapeuten zu tun.

Die in einer solchen Situation im Therapeuten ausgelösten Gefühle sind Gegenübertragungen. Sie müssen gar nichts mit dem Patienten zu tun haben. Es können auch eigene verdrängte Gefühle sein. Der Therapeut soll in der Lehranalyse lernen, sich und seine Gefühle zu beobachten, um so zu verstehen, was im Kind vorgeht, um das deuten zu können. Ihm helfen, dessen eigene unbewusst gewordenen Erfahrungen und Verletzungen zu erinnern und zu bearbeiten. Damit sich seine Symptome verabschieden können.

In der Lehranalyse erinnerte Friedrich sich an sein Gebet, das er als Kind jeden Abend mit Zittern gebetet hatte und sagte es auf. Die Lehranalytikerin wollte es gleich noch einmal hören. Voller Erstaunen und Mitleid sprach sie es ihm dann vor. Bat ihn genau hinzuhören.

Das Gebet lautet richtig: „hab ich Unrecht heut getan, sieh es lieber Gott nicht an." Als er begriff, musste er zunächst wie zur Abwehr lachen. Doch dann überfielen ihn Trauer, Entsetzen und Mitleid mit sich selbst. Die lösten sich in einem tosenden Tränenwasserfall auf. Nur langsam konnte er sich beruhigen und begreifen.

Greifen wie mit Händen, was dieser Versprecher für sein Leben bedeutet hat. Es ist ja ein entlastendes Gebet. Sieh es, das Unrecht, nicht an. Das ist die Botschaft: man soll sich selbst nicht als schlechten, schuldbeladenen, falschen Menschen betrachten, sondern sich verzeihen, eventuelle Fehlhandlungen nicht so ernst nehmen. Er aber betete: hab ich Unrecht heut getan, sieh mich lieber Gott nicht an. Welch furchtbares Missverständnis. Er fühlte sich nicht liebevoll, verzeihend und verständnisvoll angenommen. Jeden Abend verurteilte er sich selbst. Sah Unrecht bei sich, hatte Schuldgefühle und ein schlechtes Gewissen.

Scham machte sich in ihm breit, wie Moos auf Granit im feuchtwarmen Klima seiner späteren Heimat Irland. Ist das Moos dick genug, wachsen dann später Gras, Kräuter und irgendwann ist es zu alles bedeckendem Moor geworden. Vom harten, dezent gefärbten Granit ist nichts mehr zu sehen. Aus dem Moor kann man dann eines Tages Torf stechen, der entweder zum Düngen und Wachsen verwendet wird oder zum Spenden von Wärme und Leuchten in irischen Kaminen. Also Leben spendet. So wurde auch in Friedrich alles bedeckt. Sein Granitkern war nicht mehr zu sehen. Gerade von ihm selbst nicht.

Es gibt einen riesenhaften Unterschied zwischen Schuld und Scham. Sich schuldig fühlen, ist immer auf die Tat gerichtet. Meint, etwas Falsches, Unerlaubtes oder Unmoralisches getan zu haben. Scham ist dagegen immer auf das eigene Ich gerichtet. Man ist falsch, schlecht oder unmoralisch.

Wieder werden Erinnerungen zu lebendigen Bildern. Es ist schier unglaublich. Sie tauchen aus dem Dunkel auf, wie sich Landschaften aus dem aufsteigenden Morgennebel lösen. Es kommt ihm vor, als erlebe er es noch einmal. Er hatte gestern Bruder und Schwägerin mit Kindern und Enkeln zum Lachsessen eingeladen. Es ist ein weiterer Enkel unterwegs. Als Friedrich den gewölbten Bauch sieht, phantasiert er sich hinein, zu ihm, der er mal war.

Früher hatte Friedrich bei schwangeren Frauen oft den Impuls verspürt, in ihren Bauch zu treten. Für diesen Impuls hat er sich geschämt. Bis in seiner Lehranalyse dieser Impuls in ihm auftauchte und analysiert werden konnte. Er hing damit zusammen, dass er so früh abgestillt und wegen der erneuten Schwangerschaft der Mutter abgeschoben worden war. Nach Durcharbeitung dieses so frühen traumatischen Erlebnisses tauchte der Impuls nie wieder auf. Er kann sich nun mit ihnen freuen.

Friedrich hat vor Jahren mal eine waghalsige These aufgestellt. Damals wurde heftig diskutiert, ob die Deutschen aussterben werden, weil der Kinderwunsch junger Paare zurück-gegangen war. Seine These lautete: Unbewusste Schuldgefühle führen in Deutschland dazu, auf Kinder zu verzichten, damit sich Geschichte nicht wiederholt. Um so zu verhindern, dass es zu viele Deutsche gibt. Dem Furchtbaren, der Schuld und Scham, sollte ein Ende bereitet werden. Es gibt auch ein kollektives Unbewusstes. Und das kollektive Unbewusste der Deutschen wird voller Scham- und Schuldgefühle sein.

Ulrike und er wollten keine Kinder. Es gab so viele Kinder, die Hilfe brauchten. Daher kam es dann, dass sie ein Kind aus einem Landeskrankenhaus zu sich nahmen. Den Jungen Hans auf diese Art befreiten. Friedrich hatte während seines Studiums ein Sozialpraktikum in den Rotenburger Anstalten gemacht. In der zu betreuenden Gruppe fiel ihm nach einiger Zeit Hans auf. Ein kleiner, schmaler, blonder Junge mit einem ernsten Gesicht, über dem immer ein Schleier von Trauer lag. Die Augen blickten aufmerksam und beobachteten alles sehr interessiert. Alle Kinder der Gruppe respektierten ihn. Selbst die aggressivsten Jungen. Hans fiel Friedrich erst nach zwei Wochen auf. Vorher hatte er ihn kaum bemerkt. Er hatte ihn übersehen, weil Hans ihm keine Konflikte bereitet hatte. Im Gegensatz zu den anderen Kindern.

Friedrich ließ Hans spüren, dass er ihn mochte. Scheu entwickelte sich eine zarte Beziehung zwischen ihnen. Beim Abschied durfte er Hans ein Taschenmesser schenken. Mit Erlaubnis der Leitung. Kein Kind durfte ein Taschenmesser besitzen. Er sagte auch nicht zu Hans: „Wir sehen uns wieder." Denn er musste sich erst überprüfen, ob er weiteren Kontakt zu ihm wollte. Denn auf keinen Fall wollte er nur seinem momentanen Gefühl folgen und Hans nur kurzfristig zu sich zu holen. Friedrich war klar, dass es eine lange Beziehung voller Verantwortung und Probleme werden würde. Und er musste sich sicher sein, dass er die Beziehung nicht abbrechen würde.

Als er sich im Klaren darüber war, dass er das wollte und schaffen könnte, nahm er wieder Kontakt zu Hans auf. Er bot ihm an, dass er Weihnachten mit Friedrich bei dessen Mutter sein könnte. „Eigentlich möchte ich nicht", sagte der achtjährige Hans ganz leise.

Friedrich entgegnete ihm: „Hans, wenn man eigentlich sagt, dann möchte man doch ein bisschen. Schau mal, ich kann mir vorstellen, dass Du auch Angst hast. Du kennst meine Familie gar nicht. Wir machen jetzt einen Vertrag unter Freunden. Du fährst mit. Und wenn es Dir nicht gefällt, dann kannst Du das sagen. Dann bringe ich dich wieder zurück. Ich werde dann bestimmt nicht böse auf Dich sein. Und ich werde Dich auch trotzdem besuchen." Dem stimmte Hans zu.

Hans blieb über Weihnachten bei ihm. Danach fuhren Friedrich und Hans in allen Ferien nach Spanien. Später kam Ulrike dazu. Mit vierzehn zog Hans zu ihnen nach Hannover. Er schaffte den Hauptschulabschluss. Machte erfolgreich eine Lehre als Maschinenschlosser. Den fünfzigsten Geburtstag von Hans feierte Friedrich mit Hans und dessen Arbeitskollegen.

Das Zusammenleben mit dem schwer gestörten Hans war natürlich nicht konfliktfrei. Seine Probleme rührten von seiner Kindheit in einem Obdachlosenheim her. Beide Eltern waren psychisch sehr krank. Der Vater war depressiv und debil. Die Mutter litt unter Persönlichkeitsspaltung. Hans wurde den Eltern weggenommen, nachdem sich andere Mütter des Heimes über die elterliche Behandlung beschwert hatten.

Hans hatte Erfrierungen ersten Grades. Er war grün und blau geschlagen worden. Er verkroch sich anfangs immer unter Tischen. Aber er hatte einen IQ von 138.

Linke Freunde machten ihnen damals schwere Vorwürfe, als sie Hans zu sich holten: „Damit verschleiert ihr doch nur die

Brutalität des Kapitalismus. Ihr verändert dadurch doch nicht das kapitalistische System. Alle Kraft muss doch diesem Kampf gelten." Aber Ulrike und Friedrich fanden, dass dadurch die Gesellschaft verändert wird. So wie das Meer durch einen einzigen Regentropfen verändert wird.

So erfüllte Friedrich den schon im warmen Wasser empfangenen Auftrag. Hans war sein kleines Lambarene. Bei Ulrike war ihre Kinderlosigkeit eindeutig eine Reaktion auf die Forderung der Eltern: „Du hast die Aufgabe, unser Erbgut weiter zu tragen."

Diese Erinnerungen wurden ausgelöst durch die Schwangere bei dem Lachsessen. Friedrichs Neffe baut wegen des weiteren Kindes sein Wohnhaus auf dem Familiengehöft um. Das Dach soll angehoben werden. Inzwischen ist dieses Haus oft umgebaut worden. Beim Essen tauchte die Geschichte dieses Hauses auf. Und damit die Geschichte seiner Familie.

So um 1860 hatte der Urgroßvater ein großes Haus gebaut. Groß für seine finanziellen Möglichkeiten. Dafür musste er zehn Hektar Ackerland verkaufen. Ein riesiges Stück Land. Und auch einen Teil der Hofstelle. Auf der errichtete der Käufer einen kleinen Bauernhof. Links in ihm waren die Scheune, der Boden, Kuh- und Schweinestall. Rechts im Haus unten und oben waren kleine Kammern. So hat Friedrich es noch in Erinnerung. Aber schon alt, runzlig und riechend, als wäre es inkontinent.

Zum Glück kaufte der Großvater, als er durch Heirat zu viel Geld gekommen war, wenigstens diese Hofstelle zurück. Anstatt alles in den Kriegsanleihen zu verlieren. Aber das Land kaufte er nicht zurück. Stattdessen soll er immer zu seinem Bankdepot gefahren sein. Kupons hat er geschnitten. So nannte man den Gewinn. Mit diesem Geld fuhr er, eine schwere goldene Uhrkette vor seinem dicken Bauch, in ein Bad mit Spielkasino. Dort verprasste er das Geld. Verlor es, so wie er schon den anderen Teil durch seine finanzielle Beteiligung an dem imperialistischen Kriegsabenteuer verlor. Anstatt Land zu kaufen. Das tat auch sein Sohn, Friedrichs Vater, nicht. Der wurde alkoholabhängig. Sein Geld glitt durch Kehle und Finger.

Friedrichs Erbbruder und dessen Frau haben bitter unter diesem Prassen des Vaters zu leiden gehabt. Erst dieser Bruder und seine Frau brachten die Füße aus dem Kopfstand wieder auf die Erde. Was drei Generationen vor ihnen versaubeutelt hatten, holten sie in einer Generation wieder rein.

In Friedrichs Heimatdorf steht ein Schloss. Es liegt auf einer Insel und ist von einem Park umgeben. Die zweiflügelige Anlage besteht aus einem mittelalterlichen Teil und einem Flügel mit typischen Elementen der Weserrenaissance. Besitzer sind die Freiherren von Rössing. Sie wurden schon im zwölften Jahrhundert urkundlich erwähnt.

Erst seit 1840 waren die Bauern in Deutschland keine Leibeigenen mehr. Herr von Rössing ist noch immer Patron der Kirche. Die Frau des Sohnes ist Ortsbürgermeisterin.

Das Gesicht des Schlosses ist zerfurcht von Jahrhunderten. Aus dem Mittelalter hat sich ein Fachwerkbau mit Rundturm erhalten. An den wurde dann angeschustert. Zuletzt im ausgehenden neunzehnten Jahrhundert. Auf dem mittelalterlichen Dachboden hat eine Kolonie seltener Fledermäuse die Jahrhunderte und viele Umbauten überlebt.

Auf dem Graben, der das Schloss wie ein Ring umgibt, laufen die Kinder des Dorfes Schlittschuh. In diesem Graben lernte Friedrich schwimmen. Das Schloss wird vor Blicken zusätzlich durch eine hohe alte Backsteinmauer geschützt, die auch den Park mit seinen wuchtigen Bäumen umgibt.

Außerhalb des Parks dämmert der ehemalige Karpfenteich vor sich hin. Er wird von Pappeln, Eichen und auf einer Seite von kropfigen Weiden bewacht. Die Weiden stehen zwischen dem Teich und einem kleinen Bach, der Bäke. Die Bäke bringt frisches Wasser in den Teich und füllt den Schlossgraben. Zwischen Bäke und Graben führt ein schmaler Weg, der zum träumenden Gehen lockt.

Heute erfreut er sich an dieser Idylle. Aber in dem ständig wiederkehrenden Traum seiner Kindheit war es die Hölle. Er träumte sehr oft gegen Ende des Krieges: Eine Phosphorbombe sei auf sein Elternhaus gefallen. Alle kamen um. Nur er konnte sich retten. Aber Schultern, Arme und Beine waren vom Phosphor getroffen. Er wusste selbst im Traum, dass zum Brennen Sauerstoff nötig ist. Daher rannte er zum Teich. Sprang hinein. Nur der Kopf schaukelte auf der Oberfläche. Da hockte er tagelang. Kinder riefen ihm zu: „Friedrich, komm heraus. Wir wollen mit dir spielen." Er traute sich nicht. Er wollte nicht verbrennen. So hockte er im Wasser. Die Kinder verstanden ihn nicht. Dieser Traum ist symbolisch für sein Werden und Sein. Allein und in Gefahr. Aber er hatte sich auch gerettet.

Weitere Bilder steigen im Zusammenhang mit dem Schloss in Friedrich auf. Friedrich sieht sich in der Kirche. Noch eine andere Erinnerung will sich endlich frei schwimmen. Friedrich wurde zusammen mit seinem jüngeren Bruder konfirmiert. Die Eltern hatten das beschlossen. So brauchten sie nicht in zwei aufeinander folgenden Jahren eine Konfirmation auszurichten. Es war wenig Geld da. Und genau zu diesem Ostern flog Friedrich von der Schule, weil er zweimal in der siebten Klasse sitzen geblieben war. Der ältere Bruder war auch sitzen geblieben. Die Scham verschlang in Friedrich den Ärger, dass er seine Geschenke mit dem Bruder teilen musste.

Alles ist groß und dick wie der Bauch des Besitzers der alten Bar. Und ist leicht angegraut wie seine Haare. Nur seine weiße Schürze leuchtet in der Schummrigkeit der kellerartigen Bar. Sie ist gleichzeitig ein Lebensmittelladen. Mitten im gotischen Viertel von Barcelona. Es ist so, wie Friedrich es in Erinnerung hat.

Von der gekachelten Decke des Gewölbes hängen an eisernen Haken Schinken jeder Größe, jeden Alters, jeder Schinkenfarbe. Natürlich sind es *jamones serranos*. Nur zwei unterscheiden sich deutlich von den anderen. Sie strahlen Stolz und Gelassenheit aus. Sind tiefschwarz. Er erkennt sie sofort. Es sind *jamones de pata negra*. Das sind Schinken von den schwarzen Schweinen der Estremadura. Sie ernähren sich vorwiegend von den Eicheln der riesigen Korkeichenwälder. Die Schinkenspezialität Spaniens.

Auf dem gefliesten Boden haben sich an den Rändern kleine Wälle gebildet. Hier werden alle Essensabfälle einfach auf den Boden geworfen. Dann kommt Sägemehl darüber und alles wird an die Seite gefegt. Die Fliesen glänzen vom Fett. Dass es das noch gibt, denkt er glücklich.

Zwischen Schinken und Sägemehl haben an der einen Wand Dosen eine bunte neue Wand entstehen lassen. Etiketten versprechen Spargel, Erbsen, Wurzeln, Artischocken, Oliven, Pflaumen. Zwischen ihnen stehen, ohne erkennbaren Ordnungssinn, Gläser mit Honig oder Marmelade, Schachteln mit Waschmittel und Nudeln.

Über der alten Bar drängen sich Liköre, Brandys und Weine. Auf dem alten Marmortresen thront eine steinalte schwarze Kasse, wie er sie lange nicht mehr gesehen hat.

Die andere Wand wird verdeckt von einem tiefbraunen Holzschrank, dessen Farbe die vielen Zigaretten anzusehen sind, die er mit rauchen musste. Er ist gefüllt mit Flaschen, die so alt sein mögen wie er. Sie scheinen fast unter der dicken Staubschicht zusammen zu sinken.

Friedrich ist in Barcelona auf der Suche nach sich selbst. Nach dem Mann, der er einmal war. Hier hat er vor Jahrzehnten auf der Suche nach sich gelebt. Gegen den Willen des Vaters hat er als Zwanzigjähriger sein Dorf verlassen. Er floh vor sich selbst, um sich in einer anderen Welt vielleicht endlich zu begegnen. Nun versucht er dieser Begegnung auf die Spur zu kommen. Schon beim ersten Blick merkte er, Barcelona hat sich verändert. So wie er auch. Die Stadt ist doch die Alte geblieben. So wie er auch.

Die Luft der Stadt lässt heimatliche Gefühle aufsteigen. Zuhause war er hier vor zwei Dritteln seines Lebens. Luft, denkt er, ist der falsche Ausdruck. Es ist ein zähflüssiger, warmer, Schweiß treibender Brei. Auch wenn die Stadt sich verändert hat. Aber im Gegensatz zu ihm ist sie geliftet. Für die Olympiade vor Jahren. Nur der Brei ist gleich geblieben. Männer pissen einfach in jede Ecke. Aus Kloakendeckeln strömt eine wabernde Masse. Katzen- und Hundescheiße geben ihr eine besondere Note. Tauben spritzen ausreichend dazu. Schweiß und der Geruch von alten Menschen mischen sich ein. Autoabgase würzen den Geruch bis zum fast Unerträglichen.

Die kleinen Parks in der Altstadt und die Bäume der Ramblas versuchen vergebens, etwas dagegen zu setzen. Die alten Häuser und Kirchen bemühen sich, dem Ganzen etwas Würde zu verleihen. Ja, alte Häuser und Kirchen haben, wie alte Menschen auch, ihren eigenen Geruch. Die Millionen Gebete aus Jahrhunderten kleben in diesem Brei fest. Erreichen ihr Ziel nicht, denkt Friedrich. Dieser Brei war damals auch schon so.

Damals, vor zwei Dritteln seines Lebens, wohnte er unterhalb des Tibidabo über der Stadt in einer asturisch-katalanischen Familie. Die Wohnung erreichte er mit der Metro.

Unterirdisch den Paseo de Gracia hinauf. Tief unten vorbei an Häusern von Gaudi. Von dem Hundertwasser Barcelonas hielt er damals nicht viel. Weil er nichts davon verstand. Für ihn waren das einfach verrückte Häuser. Ähnlich wie die *Sagrada Familia* für ihn ein verrückter Bau war. Er arbeitete damals als Reiseleiter. Vor der Sagrada Familia machte er jedes Mal seinen Reiseleiterscherz: Als mal ein Bayer vor dieser Kirche von Gaudi stand, rief er aus: „Dös is a Gaudi." Die Lacher waren ihm sicher. Was wohl manche seiner Gäste über ihn bei diesem Scherz gedacht haben. Heute denkt er anders über Gaudi und seine Architektur. Friedrich wohnte dicht beim *Parque de Güell*. Ebenfalls von Gaudi für seinen Förderer, den Grafen Güell, entworfen. Oft hat er in ihm gelernt. Nicht, weil der ihm damals gefiel. Dort war es ruhig und weniger stickig als in der Stadt.

Interesse und Verständnis für Kunst waren ihm von Haus und Schule nicht mitgegeben worden. Das hat er sich mühsam später angeeignet. Dabei hat Ulrike ihm viel geholfen. Allerdings hatte er während seiner Pubertät Begabung zum Malen gezeigt. Ein naiver Maler aus seinem Dorf sah einige seiner Bilder. Wollte ihn unterrichten. Aber der Vater verbot dies: Der Bengel soll sich in seiner Lehre anstrengen und nicht so einen 'detschen Kram' machen. Davon kann keiner leben. So schlief diese Seite Friedrichs wieder ein. Heute versucht er mit Worten zu malen.

So ist er bei dem Zwanzigjährigen angekommen, der er einmal war. Auch noch ist. Ihm kommt es so vor, als sei er unveränderbar. Aber gleichzeitig auch wandelbar wie, ja, wie die Luft von Barcelona. Hier begann seine Veränderung. Hier wurde er neu, der bis dahin gleich geblieben war.

Lange Wanderungen durch Barcelona. Sie zwingen zur Pause. Er sitzt nun in dem geliebten, kleinen Restaurant hinter der Markthalle. Der Schönen, Alten, Überquellenden von Früchten des Meeres und Landes. Der Fetten und Geliebten von ihm seit seinen Studienzeiten in Barcelona.

Hierher kommen die Lastwagenfahrer, Anlieferer, Standbesitzer und die Verkäuferinnen. Hier wird geplauscht, Nachrichten weiter gegeben und Geschäfte ausgeklügelt. Es gibt *judias verdes con jamon* und danach eine *lenguado a la plancha* – eine Seezunge. *Judias verdes* sind zarte, grüne Bohnen, die mit Knoblauch und Schinken in Olivenöl gebraten werden. Früher schon ein Lieblingsgericht von ihm.

Beim Lesen des Tagesangebotes läuft ihm das Wasser im Munde zusammen und Erinnerungen fließen ihm zu. Seezunge konnte er sich damals nicht erlauben. Die Gambas kamen noch aus dem Mittelmeer. Wurden vor der Haustür genetzt. Heute kommen sie aus den Mangrovenwäldern der Welt. Aus Ecuador oder Pakistan. Und sind überall in der reichen Welt zu haben. Dafür sind die Mangrovenwälder bald nicht mehr da. Sie werden abgeholzt, um den Zuchtbecken Platz zu machen. Eine verheerende Katastrophe.

Mit den Prinzessbohnen verhält es sich ähnlich. Früher kamen sie frisch und knackig aus den Huertas de Valencia und dem Ebro-Delta. Die Huertas de Valencia sind ein riesiger Garten. Der wurde von den Mauren angelegt. Ihr Bewässerungssystem funktioniert heute noch. Zur Verteilung des Wassers gibt es Gerichte, die sich aus Bauern zusammensetzen. Sie sprechen noch heute ihre Urteile bei Streitereien. Eine demokratische Institution, die vom maurischen Erbe Spaniens übrig geblieben ist.

Die alten Balkone der umliegenden Häuser blinzeln unter verrosteten Brauen auf ihn hinab. Lächeln ihm zu. Sie haben ihn wieder erkannt. Ihn, den Vertrauten aus früheren Tagen. Er ist wie sie auch alt und verwittert geworden. Sein Rost schmückt grau seinen Kopf. Der Rost der Balkone ist gewachsen. Er macht die Balkongitter dicker und ihre Strukturen undeutlicher.

Und in seinem Tagtraum taucht plötzlich Calderon de la Barca in ihm auf – einer der Großen des Goldenen Jahrhunderts der spanischen Literatur und Kunst. Friedrich konnte sein Gedicht „*La vida es un suenjo* – Das Leben ist ein Traum" auswendig. In einem anderen Leben tranken Ulrike und Friedrich mit Fischern in einem kleinen Hafen in Galizien. Als er in Stimmung war, rezitierte er das Gedicht. Die Fischer hörten erstaunt und ergriffen zu. Es war so, als würde in einer kleinen ostfriesischen Dorfkneipe ein herein geschneiter Andalusier „Die Glocke" aufsagen.

Doch im Zeitalter der Globalisierung würde Calderon vielleicht ein anderes Gedicht schreiben: Die Welt ist eine Täuschung. Denn wir nehmen nur die Schatten auf der Wand der Höhle wahr und denken, das sei die Wirklichkeit.

Der Mittagshimmel über Barcelona leuchtet hellblau durchsichtig. Heute wirft er keine Schatten auf die Stadt.

V ieles hätte Friedrich früher nicht durchschaut. Jetzt merkt er, dass er gelernt hat: Glaube nichts und traue niemandem. Friedrich ist ganz bei sich. Und doch weit weg in seiner Vergangenheit. Damals glaubte er noch, er könne die Welt so nehmen, wie er sie sieht. Oder wie sie ihm vorgegaukelt wird. Die Schatten in der Höhle waren für ihn Wirklichkeit. Er könne die Welt begreifen. Heute weiß er: Wenn er nicht aufpasst und hinterfragt, greift sie sich ihn. Sie versucht ihm eine Spigola, eine

Plattfischart mit vielen Gräten und wenig Fleisch, als eine Seezunge zu verkaufen.

Jetzt ist er beschwipst. Der Ober hat so getan, als verstehe
er ihn nicht, den graublonden Touristen. Er hat ihm statt des
bestellten Viertels Tischwein eine Flasche Rioja Riserva
gebracht. Friedrich ist immer noch schüchtern. Er traute sich
nicht, den Wein zurückzugeben. Er sagte sich auch: Nun denn,
dann lass es dir gut gehen. Er hat ihn in der Hitze des Tages
genossen.

Wäre Ulrike noch bei ihm, hätte sie in ihrer Art dafür
gesorgt, dass er nur bei einem Viertel geblieben wäre. Oder
vielleicht auch die Flasche mit geleert. Aber sie ist vom Winde
verweht. Er muss allein auf sich aufpassen.

Allein mit seinen Erinnerungen an sie und an seine erste
Zeit 1960 in Barcelona. Die Erinnerungen von damals und die
von ihrer Gemeinsamkeit, ihrem Glück, Unglück und Streitereien überfallen ihn. Er möchte gern vor ihnen fliehen.

Plötzlich schreit aufgeregter Lärm in der Luft. Eine Frau
wird gejagt. Sicher eine Taschendiebin, denkt Friedrich. Sie
verschwindet in der Markthalle. Der Verfolger schaut sich um
und lacht. Da ruft ein anderer Mann ihm zu: *„El esta aqui!* - Er
ist hier!"

Wieso er, denkt Friedrich, bis er begreift, als sie/er aus seinem Versteck hinter leeren Kisten gejagt wird. Ängstlich und
verstört jagt der Transvestit davon. Die Zeiten im Barrio Chino
haben sich geändert. Damals war das Barrio Chino das Sankt
Pauli Barcelonas. Alle menschlichen Möglichkeiten waren
erlaubt. Niemand wurde gejagt.

Jeden Donnerstag und Sonntag begleitete Friedrich damals
Reisegruppen zum Stierkampf. Danach dann war eine Stadt-
rundfahrt. Anschließend gab es ein spanisches Menü für die
Touristen. Den Abschluss bildete der Besuch in einem Tabla-

dor. Ein Tanzlokal, in dem traditionelle Tänze aus den vielen Regionen Spaniens dargeboten wurden. Vor allem Flamenco.

Oft kam es vor, dass Männer Friedrich fragten, ob er sie nicht zu Prostituierten führen könne. Sie möchten mal mit einer Spanierin schlafen. Anfangs lehnte Friedrich das empört ab. Doch irgendwann muss die Neugierde in ihm gesiegt haben. Er ging mit einer Gruppe von Männern los und vermittelte übersetzend. Da das nun öfter geschah, lernten ihn die Frauen kennen. Sie nahmen damals fünfundzwanzig Peseten. Das waren zu der Zeit dreihundertfünfundsiebzig Pfennig.

Nach einigen Malen kamen Frauen zu ihm und sagten: *„Rubio, te damos un duro per hombre que nos traigues –* Blonder, wir geben dir einen Duro für jeden Mann, den du uns bringst." Ein Duro waren fünf Peseten. Aber Friedrich wollte keinen Anteil. Seitdem war er bekannt im Barrio Chino. Er konnte sich auch in den gefährlichsten Straßen bewegen. Niemals geschah ihm etwas. Er stand unter dem Schutz von Luden.

Beim Bezahlen dann ist er überrascht. Die Flasche Rioja Riserva kostet nur drei Euro.

Friedrich träumt sich in dieses Anbaugebiet. Dort hatte er sich vor Jahren, Jahrzehnten, Jahrhunderten einmal schrecklich mit Ulrike gezankt. Das konnten sie. An den schönsten Orten sich so zanken, dass sie hinterher stur geradeaus sahen beim Fahren. Von der Gegend nahmen sie nichts wahr. Sie hatten nur das flammende Leuchten der Wut vor Augen. Das Gebiet haben sie durchrast ohne ihr und sich einen Blick zu gönnen.

Abends erreichten sie ohne ein Wort Pamplona. Dort finden gerade die Fiestas statt, denen Hemingway so ein malerisches Denkmal gesetzt hat. Der liebte den Stierkampf und das Fliegenfischen. Und schreiben konnte der. Ach, könnte ich das auch, denkt Friedrich neidisch. Und schon wieder muss er lächeln.

Denn er erinnert sich an eine Besprechung seines Reisetagebuches *„Queremos vivir* – Wir wollen leben". In ihm schildert er seine Beobachtungen und Eindrücke auf seinen Reisen durch Bolivien, Peru, Ecuador, Panama, Costa Rica, Nicaragua, Honduras, Guatemala und Mexiko. Ein Kritiker schäumte über vor Begeisterung und schrieb, dass Friedrich von der Erzählkunst der lateinamerikanischen Schriftsteller wie Isabel Allende und Eduardo Galeano gelernt habe. Friedrich fühlte sich puterrot werdend bei Lesen.

Er hat den falschen Zug genommen. Hans-guck-in-die-Luft ist in Barcelona einfach in einen Zug gestiegen, der nach Süden fuhr. Nun sitzt er in Tarragona. Da war er früher oft als Reiseleiter mit bildungsbeflissenen Touristen. Er, der diese Bildung nicht hatte, kein historisches Wissen, führte sie durch die römische Geschichte Tarragonas. Darüber lernte er im Schnellkurs von seinem Chef. Alles weitere von den Gästen. Er ließ sie während der Fahrt erzählen. Geschickt lenkte er sie durch Fragen dahin, mit ihrem Wissen zu prahlen. So sammelte er Wissen durch geschicktes Lenken, Zuhören, Schauen und Denken. Er war neugierig. Menschen, Städte, Bauten, Straßen und die Natur, Fauna, Flora, Berge, Täler, Flüsse, Bäche, Felder und Wiesen waren seine Lehrmeister. Sein Durst nach Wissen war unersättlich. Nie nahm er etwas als gegeben hin. Er hinterfragte, verglich, fragte nach, dachte nach und ordnete zu.

Niemandem fiel auf, wie wenig er wusste. Er hatte gelernt zu schweigen. So zu tun, als sei er ein Wissender, der aber nicht unbedingt plappern muss. Damals schämte er sich noch, dass er so wenig wusste. Dass er in der Schule versagt hatte. Deshalb täuschte er durch Schweigen Wissen vor, das noch nicht in ihm war. Er wusste noch nicht, wie viel doch schon in ihm war.

Nach dem unbeabsichtigten Aufenthalt in Tarragona fuhr er weiter nach Ampolla, zu einem Fischerdorf im Delta des Ebros. *„Me cagis en deu!* – Ich scheiße auf Gott!" ruft der alte Fischer Pepe auf Katalanisch aus, als Friedrich sich zu ihm auf seine Bank über dem Meer setzt. Einer der vielen blasphemischen Sprüche, wie es sie nur im katholischen Süden Europas gibt.

Pepe war alt geworden. Aber seine Augen blitzten mit dem weißen Schnurrbart um die Wette. Seine kleine, gedrungene, katalanische Figur hat unter dem Alter nicht gelitten. Aber Spanisch kommt ihm immer schwerer über die Lippen. Lieber nuschelt er das Katalanisch der Ebro-Fischer. Es rollt langsam über seine Zunge. So wie er früher das von Jahr zu Jahr leerer werdende Netz bedächtig mit den Händen über die Reling eingeholt hat. Motoren dafür hatten sie noch nicht, als Friedrich das erste Mal Anfang der Sechziger nach Ampolla kam. Pepe ist noch der alte Pepe geblieben.

Aber Ampolla ist neu. Kaum noch Vertrautes ist zu sehen. Der ehemals kleine, verschlafene Fischerort hat sich in ein großes, zerklüftetes und zersiedeltes Betongebirge verwandelt. Das kleine Hafenbecken ist nun fünfmal so groß. In ihm tummeln sich Freizeitboote, wie eine Pferdeherde unterschiedlicher Rassen. Die kleinen Sandbuchten zwischen den roten, steil aufragenden Felsen sind verschwunden. Sie wurden mit von weit hergeholtem Sand zugeschüttet.

Traurig denkt Friedrich: Hier kommen nun die Tintenfische nicht mehr in der Nacht ans Ufer um zu laichen. Wehmütig schmunzelt er in Erinnerung an das Leuchten der Augen von Pepe und seinem Freund Manuel, wenn sie erzählten, wie sie früher bei Nacht die Tintenfischmännchen fingen.

Dabei zogen sie an einer Schnur ein nach Paarung duftendes Weibchen mit einem langsam und leise geruderten Boot hinter sich her. Das Männchen roch das Weibchen, besprang und umklammerte es. Die beiden Männer brauchten nur die Leine einzuziehen und das Männchen zu lösen. Weiter ging es mit leichtem, sanftem Ruderschlag bis zum nächsten Sprung. Beim Erzählen leuchteten die Augen der beiden Junggesellen so, als wären sie gern mal Männchen gewesen.

Friedrich ging zu seinem alten Freund Manuel. Er klopfte. Niemand antwortete aus dem Innenhof. So öffnete er die Tür. Vor ihm im Sessel saß sein alter Freund Manuel. Auf Friedrichs Frage: „Wie geht es dir, mein Freund?" antwortet dieser mit fast vergehender Stimme: *„Estoy muy flojo."* Was frei und der Situation angemessen übersetzt soviel heißt wie: Ich bin am Ende angekommen. Friedrich sah den Tod neben ihm. Manuel dämmerte vor sich hin und erkannte Friedrich nicht.

Friedrich entdeckte an der Wand hinter Manuel ein gerahmtes Foto, das er ihm in einem anderen Leben geschenkt hatte. In dem Leben mit Ulrike. Damals vor Ewigkeiten, als sie jedes Jahr mehrere Male in dieses Fischerdorf fuhren. Beide lächeln die Betrachter an. Friedrich noch in seinem Hippie-Look. Ganz gerührt war er, dass es noch dort hing. Er nahm das Foto von der Wand, hielt es Manuel hin und sagte: „Das bin ich da auf dem Foto." Ein Hauch von Leben kehrte in den trüben Augen Manuels zurück. Das fast erloschene Gesicht begann leicht zu leuchten. Friedrich fühlte, dass in Manuel eine Ahnung aufgstieg, wer da vor ihm saß. Denn auch die Hände gaben ihr unruhiges Zittern auf.

Früher begleiteten diese Hände seine Erzählungen. Gaben ihnen Raum, Zeit und Ausdruck. Manuel war ein gewaltiger

Erzähler. Wenn er einen Sturm, ein Gewitter oder einen besonderen Fischfang schilderte, zauberten Worte, Mimik und Gesten der Hände die Geschehnisse bildhaft vor Augen.

Aber wenn Manuel über seine Erlebnisse während des Bürgerkrieges und seine zwölfjährige Gefangenschaft durch die Faschisten erzählte, wurde seine Stimme leise. Sprache und Gestik wurden auf ein Minimum beschränkt. Davon erzählte er nur, wenn sie allein waren.

Niemand hätte sie hören können, denn sie befanden sich in den Bergen in seinem Olivenhain oder mit dem Boot beim Fischfang weit draußen. Es war jedes Mal das gleiche Ritual. Scheu und gehetzt sah er sich um. Flüsterte nur noch. Friedrich konnte Manuels Angst wie eine schwere schwarze Wolke über ihm schweben sehen. Und sein Herz zog sich zusammen. Durch ihn erfuhr Friedrich eindringlich, was Terror Menschen antun kann. Noch nach Jahrzehnten reagierte Manuel wie ein Gefangener. Sein Feind Franco war ja noch an der Macht. Nichts von seinem Schrecken hatte er eingebüßt.

Viel, viel später unterschrieb Franco auf seinem Totenbett noch ein Todesurteil gegen zwei Gegner. Sein Verehrer und Freund Salvador Dalí schickte ihm ein Glückwunschtelegramm. Als Friedrich mit Freunden in Figueras war, betrat er nur mit großem Widerwillen das Museum des Falangisten Dalí. Das kritiklose Betrachten dieser skurrilen Kunst ließen sein Herz und sein politischer Verstand nicht zu.

Manuel kehrte nach vier Jahren Krieg zur Verteidigung der Republik und zwölfjähriger Gefangenschaft in sein Dorf zurück. Er hatte die Schlacht am Ebro bei Tortossa und zwölf Jahre Steinbruch überlebt. Das hatte ihn zerstört. Nicht zerbrochen. Aber dass seine Verlobte den falangistischen Vorsitzenden der Fischer des Dorfes geheiratet hatte, brach ihm das Herz. Nie betrat er dessen Bar, obwohl dort alle Fischer saßen, plauderten, Domino-Steine auf die Tischplatten knallten oder Karten spielten. Immer setzte er sich allein in ein anderes Cafe. Meist las er intensiv Zeitung.

Sein einziger Freund war der ruhige, gedrungene Pepe, neben dem er aufgeschossen und fast dünn wirkte. Seinem schmalen Gesicht konnte man das Erduldete ansehen. Sie waren immer zusammen. Für Friedrich waren sie wie Don Quijote und Sancho Pansa. Der phantasierende und redegewandte Manuel und sein schweigender, ihm lauschender Freund Pepe. Wenn der bedächtige, ruhige Pepe erzählte, hörte es sich eher an wie Kieselsteine, die von den Wellen am Ufer gegeneinander geschlagen werden. Manuels Worte dagegen kamen wie Federn daher gesegelt. Beiden hörte Friedrich gern zu. Er lernte viel über Spanien, Spanier, den Krieg, den Fischfang und das Elend, unter den Faschisten schon seit Jahrzehnten leben zu müssen.

Pepe und Manuel waren unzertrennliche Freunde – gewesen. Nichts würde diese Freundschaft zerstören können, so hatte Friedrich erwartet. Aber er sollte sich irren. Für einige Jahre fuhren Ulrike und er nicht nach Ampolla. Sie entdeckten Asturien, Galizien und die Bretagne. Als Friedrich, Jahre nach Francos Tod, wieder nach Ampolla kam, war er bestürzt. Die Freundschaft zwischen Pepe und Manuel war zersprungen wie schlecht gebrannte Keramik.

Pepe, der ja eingebunden war in die Gesellschaft der Fischer, hatte sich für den Weg der Konservativen entschieden. Manuel, der Denker und engagierte Freiheitskämpfer, war tief enttäuscht über den Weg Spaniens. Er war im Herzen ein Anhänger der anarcho-syndikalistischen Fischer und Arbeiter Barcelonas. Manuel und Pepe wechselten nach einem Streit kein Wort mehr miteinander. Manuel wurde Einzelgänger. So holten ihn doch die zwölf Jahre Isolation im Steinbruch ein.

So wie sich Pepe und Manuel über den richtigen Weg nach Franco heillos zerstritten hattten, so trieben während der Verteidigung der Republik die stalinistischen Kolonnen einen tiefen Keil in die Reihen der republikanischen Front. Die kommunistischen Kämpfer hatten sich an Stalins Befehl gehalten, keine Gelegenheit auszulassen, die Anarcho-Syndikalisten Kataloniens, die Sozialisten, die ungebundenen Freiheitskämpfer, die aus Europa den Republikanern zu Hilfe geeilt ware, zu schwächen. Sogar zu vernichten.

Viele der Freiheitskämpfer, die nicht mit den Stalinisten sympathisierten, fielen durch kommunistische Kugeln. Oder ihre Truppen wurden nicht mit Munition versorgt. Diese Depots fielen oft in die Hände der Falangisten. Nicht die Stärke der Falangisten, sondern dieses Handeln der stalinistischen Kommunisten hat zum Sieg der Falangisten geführt. Das war für die republikanischen Verteidiger und damit für Spanien eine eigentliche Tragödie.

Friedrichs Auseinandersetzung mit den blinden Anhängern Pankows und Moskaus während seiner gewerkschaftlichen Arbeit war dagegen lediglich eine Farce. Diese Anhänger fuhren immer mal wieder in einem Sonderzug nach Pankow, um sich neue Direktiven zu holen. Und um zum Beispiel kommunistische Eier billig auf westdeutschen Märkten verkaufen zu können. Mit solchen Aktionen glaubten sie, die Arbeiterklasse für sich zu gewinnen.

Die Auseinandersetzungen in der deutschen Protestbewegung mit der KPD, der KPD/ML, dem Kommunistischen Bund Westdeutschland (KBW), waren nun wirklich eine Farce. Und was für eine Farce das war. Eine Freundin Friedrichs lebte lange mit einem Mann zusammen, der keine Erektion bekam. Er war vor dieser Beziehung im KBW und mit einer KBW-Genossin zusammen. Diese wollte nicht mit ihm schlafen und begründete dies mit: „Wenn du die Arbeiterklasse befreien willst, dann darfst Du nicht mit mir schlafen. Alle Deine Sinne müssen auf die Befreiung der Arbeiterklasse gerichtet sein." Er bekam Erektionsstörungen. Und wurde sie nie mehr los.

Wieder hat er einen Weg zurückgelegt. Hat einen der Umwege seines Lebens noch einmal gemacht, den nach Ampolla. Er hatte keine Ahnung, wo er mal ankommen wird. Viele halten ihn für unstet und flatterhaft. Er aber ist sich heute sicher, dass alle seine Umwege ihn zu sich selbst geführt haben.

Er wird noch viele Umwege auch der Erinnerungen benötigen, bis er sich begriffen hat und bei sich im warmen Wasser angekommen ist. Dann erst wird er am Ziel sein.

Als wissenschaftlicher Assistent an der Pädagogischen Hochschule wundert er sich, wie er, ohne Schulabschluss, in diesen wissenschaftlichen Betrieb geraten konnte. Er bildete Lehrer aus.

Marx prägte den oft zitierten Satz: „Das Sein bestimmt das Bewusstsein." Der wurde von den tumben Honeckers gebetsmühlenartig wiederholt. Aber sie hatten die Bedürfnisse und Fähigkeiten der Menschen missachtet. Kein Wunder, dass ihre Kartenhäuser zusammenfielen.

Marx' Aussage klopfte wohl in Sartres Hinterkopf, wie ein Specht, der auf einen morschen Baum hämmert. Der Specht will Beute hervorlocken. Und Sartre Selbsterkenntnis. Das Bewusstsein ins Sein eingreifen lassen. Camus hat über die Mühsal dieses Klopfens philosophiert. Primo Levi hat in „Ein Mensch" beschrieben, welche Hoffnung auf Selbstentwurf selbst noch im KZ möglich war. Obwohl ihn im hohen Alter die

Überlebensschuld zwang, sich in dem Fahrstuhlschacht seines Hauses zu Tode zu stürzen. Jean Amery hat diese Schuld ebenfalls nicht ausgehalten und Hand an sich gelegt. Jorge Semprun hat schreibend überlebt. Bis heute muß er über Buchenwald schreiben. Sonst würde er das Leben nicht aushalten.

Vielleicht schreibt Friedrich ja aus einem ähnlichen Grund. Manuel verabschiedete ihn mit einem gehauchten Wunsch: "*Suerte!* Glück!" Da fühlt Friedrich sich gesegnet. Er drückt Manuel zum letzten Mal die Hand und weint nach innen. Von Manuel hat er viel gelernt: plastisch zu erzählen, in Farben zu reden und Leid zu überwinden. Mit schmerzender, aber tragender Muße, wie die Fischer sie ausstrahlen, verlässt er diesen Ort vielfältigen Lernens.

Abends sitzt er wieder im geliebten Barceloneta. Hier im Arbeiter- und Fischerviertel Barcelonas fühlt er sich wohl. Die Menschen sehen aus, als habe ihnen seit Jahrhunderten das harte Leben und die Natur das Letzte abverlangt. Verkarstete Gesichter, wie vertrocknetes, ausgelaugtes Land. Viele sind verkrüppelt und verbogen, wie die vom Wind zerzausten Pinien an der Steilküste der Costa Brava. Die von Meersalz und Alter angefressenen Häuser sehen aus, als hätten sie die Krätze. Alles und alle müssten mal aufgefrischt werden.

Am Nachbartisch unterhalten sich Frauen aus Barceloneta. In Barcelona, Barssa sagen sie hier, ist alles schnieker, aufgemotzter, aber unpersönlicher und unfreundlicher. Dort möchten sie nicht leben.

Nur zehn Minuten von der Glitzerwelt der Ramblas und des Paseo de Gracia entfernt, zeigt Barceloneta menschliche, fast dörfliche Züge. Friedrich hat den Eindruck, jede kennt jeden.

Noch ist Barceloneta ein Kosmos für sich. Behauptet sich und hat seinen Charakter zwischen Barcelona und dem aufgemotztem Strand bewahrt. Noch sitzen auf den Bänken ganz in schwarz gekleidete Männer und Frauen und betrachten das halbnackte, turbulente Treiben am Strand. Toleranz, Lebenserfahrung und Geduld lassen sie nicht einmal den Kopf schütteln. Sie vertiefen sich lieber in die kleinen Neuigkeiten des Lebens in Barceloneta.

Er hat wieder *Pulpo gallego* genossen. Das ist Polyp auf galizische Art. Der Polyp wird weich gekocht. Dann werden Körper und Fangarme in kleine Stücke geschnitten. Die kommen heiß auf einen Holzteller. Werden mit Olivenöl übergossen. Mit rotem Paprikapulver scharf gewürzt. Dazu ein kalter Weißer.

Trotz aller Umwege ist er auch ausgetretenen Pfaden gefolgt. Das wird ihm beim Umherstreifen in Barcelona bewusst. Die Füße jammern still vor sich hin. Aber Augen, Nase, Ohren, Geist und Seele schmunzeln. Allein ist er. Doch nicht verloren. Jetzt fällt ihm auf, dass er sich während dieses Wanderns in seiner Vergangenheit, die noch Gegenwart ist, nicht einmal gewünscht hat, Ulrike möge bei ihm sein. Weit ist er auch in seiner Trauerarbeit gekommen. Sein Vagabundieren hat ihn in die Bar Schwarze Zitrone geführt. Hier beendet er den Tag bei Flamenco und denkt an Cameron de la Isla. Dessen Tod hatte ihn wieder zum Schreiben gebracht.

Cameron de la Isla war der berühmteste Flamenco-Sänger. Seine Stimme klang so, als ob tausende von Krabben in einer Höhle rascheln. So wie er beim Singen sich ganz hergab, ergab er sich auch wild den Drogen Zigaretten, Alkohol und Kokain. In keiner Disziplin war er zu bremsen. Auch nicht durch seinen Freund, den Gitarristen Paco de Lucia. So hat er sein Leben gelebt. Leider viel zu kurz. Zu seiner Beisetzung in Madrid erschienten neben den Roma und Sinti auch die feine, spanische Gesellschaft. Fast alle Frauen in andalusischer Tracht. In dem Fischerdorf, in dem Friedrich Calderon de la Barca rezitiert hatte, las er einen lyrischen Nachruf auf Cameron. Und von Stund an konnte er wieder schreiben.

Vor 65 Jahren begannen seine Erinnerungen. Außerhalb des warmen Wassers. Aber erinnern kann er sich nicht an seine Geburt. Das konnte der alte Nachbar August Brandes. Der erzählte immer von seiner eigenen Geburt: „Uff eenmal da wass et mek so helle vor de Ogen und da wass ek do." – Auf einmal da war es mir so hell vor den Augen, und da war ich da.

Friedrich ist es immer noch nicht richtig hell vor den Augen. Deshalb diese Wege und Umwege zu sich. Er sitzt in seiner Frühstücksbar mit dem obligatorischen Schinkenbrot. Wie leer sich das im Deutschen anhört. Da mag er das Spanische lieber: *bocadillo de jamon serano con pan catalan*. Da hört man doch richtig, wie herrlich das schmeckt.

Vor der Bar zanken sich Spatzen mit einer Taube um Brotreste. Bei diesem Anblick tauchen aus Millionen Sekunden zeitlicher Entfernung, aus seiner Kindheit, Wolkenschwärme von Spatzen auf. Sie fielen wie Heuschrecken über die Saat her und später dann über die reifen Ähren. Besonders gern über den Weizen.

Weil sie eine große Plage waren, setzten die Bauern Preise auf Spatzen aus. Friedrich fing sie mit unterschiedlichen Methoden. So nahm er ein großes Sieb, mit dem die Spreu vom Weizen getrennt wurde. Dieses Sieb wurde an einer Seite mit einem Stock hoch aufgestellt. An dem Stock wurde ein meterlanger Bindfaden befestigt. Mehrere Tage lang warf Friedrich eine Handvoll Weizen unter das aufgestellte Sieb. Dann versteckte er sich mit dem Bindfaden in der Hand und wartete.

Und schon kamen die gefiederten Räuber. Wenn genügend Spatzen unter dem Sieb ahnungslos pickten, zog er am Faden. Nun brauchte er die Sperlinge nur noch zu töten und ab damit zum Gemeindebüro. Dort gab es pro Spatz einen Groschen. Das war sehr viel Geld für ihn. Eine andere Methode ersparte das Töten. Statt des Siebes wurde eine Gartenwegplatte genommen. Sie erschlug die Spatzen gleich.

Wenn es dunkel war, gingen er und seine Brüder mit Leiter und Taschenlampe auf Spatzenjagd. Die verkrochen sich zum Schlafen unter die überstehenden Ziegel des Daches auf den Querlatten. Jede dieser Lücken wurde abgeleuchtet. Einer blendete den Spatz und der andere kletterte die Leiter rauf. Dann musste man blitzschnell von beiden Seiten der Latte den Spatz ergreifen. Nach einiger Zeit war Friedrich so flink, dass kein Spatz mehr entwischte. Oder sie wurden mit dem Luftgewehr erledigt. Das gab aber oft Arger. Ging ein Schuss daneben und traf die Dachrinne, war der Ärger groß.

Gutes Geld machten die Burschen eine Zeitlang. Denn in ihrem Dorf brauchte man nur den Kopf des Spatzen abzugeben. Im Nachbardorf genügte der Körper. Doppelter Gewinn. Leider kamen die Bauern bald dahinter und die Einnahmequelle halbierte sich wieder.

In diesem Zusammenhang fiel mal über Friedrich das Wort vom kleinen Itzig. Damals wusste er noch nicht, dass das ein antisemitischer Ausdruck war. Auf dem Land sind Spatzen selten geworden und aus manchen Städten sind sie verschwunden. Dafür kommen aber mehr und mehr Waldvögel in die Stadt. Es ist keine Seltenheit mehr, dass der scheue Eichelhäher, der Warner im Walde, nun in städtischen Innenhöfen brütet.

Und schon hüpft eine Erinnerung wie Rumpelstilzchen in ihm und ruft: Weißt du noch! Lächelnd und ein wenig verschämt erinnert er sich. Lehrer im Teufelsmoor war er. Erich Stelljes erzählt eines Tages in der Sachkunde: In unserem Baumhaus brütet ein Eichelhäher. Wir können nicht mehr darin spielen. Der hackt uns. Der neugierige Friedrich glaubt ihm nicht. Weiß er doch, wie scheu der Eichelhäher ist. Er also am Nachmittag hin, klettert zum Baumhaus hoch. Sofort ist er von Flügelschlagen und wütendem Kreischen umschwirrt. Gerade kann er noch sehen, dass drei fast flügge Junge in dem Nest sitzen. Dann muss er, mit einem blutenden Loch im Kopf vor den wütenden Vogeleltern fliehen.

In der Nähe seiner Wohnung in Hannover brütete auf dem Nachbardach ein Wanderfalke. Von seiner Terrasse aus konnte Friedrich das Atzen der Jungen wie von einem Hochsitz aus beobachten. Bei Freunden brütete auf dem Balkon im Blumenkasten eine Mönchsgrasmücke. Eine immer größere Population von ihnen überwintert nicht mehr im Süden, sondern in Südengland. Sie sind dann als erste wieder zurück. Dadurch können sie die besten Brutgebiete besetzen. Die Spätheimkehrer aus dem Süden haben das Nachsehen und werden wohl allmählich aussterben. Ornithologen sehen dieses veränderte Verhalten im Zusammenhang mit der Klimaerwärmung.

Die Natur war Friedrich näher als die sogenannte Kultur. Er konnte Museen und Theater nie viel abgewinnen. Die Natur war sein Lehrmeister. Er lauschte lieber dem Wachsen des Grases. Das waren die Arien, an denen er sich erfreute. Durch die er lernte.

Die gelbe Phase des Frühlings strahlt noch ein letztes Mal. Mit der Kraft der untergehenden Sonne an einem weiten, warmen Sommertag. Friedrich ist wieder in Irland. Das Land scheint seinen Frühlingsumhang abzulegen, wie die Druiden ihren zur Sommersonnenwende gewechselt haben werden. Der Umhang des Frühlings war vom leuchten Gelb des Ginsters, der Osterglocken, Narzissen und der Butterblume gefärbt.

Nun überwiegt das Grün in allen achtunddreißig Schattierungen. Ein irischer Maler hat sie gezählt. Schon Ende Dezember, zur Wintersonnenwende, beginnt der Ginster gelb zu leuchten. Bis tief in den März hinein. Deshalb wird er wohl auch Marchdorn genannt. Auf Gälisch heißt er *Rhyn*. Sein Gelb macht den tristen Winter hell. hat gesagt, Als Freund Conn hörte, dass Friedrich Psychotherapeut ist, merkte er an: Du musst den Winter über hierbleiben. Wir werden alle depressiv in der Trübheit und den Stürmen des Winters. Du hast dann viel Arbeit. Und uns täte es gut.

Der Ginster bringt Sonne in das Bild der Landschaft. Er wird dann Ende Februar unterstützt von Narzissen und Osterglocken, die sich über das Land ergießen, um den trüben Winter zu verscheuchen. Haben die Osterglocken und Narzissen ihre Aufgabe erfüllt, beginnt das Gras sich seinen Platz zu erobern. Und schon bald wird das überstrahlt von den gelben Butterblumen. Und überall dort, wo es feucht ist, recken Wasserlilien ihre gelben Köpfe der Sonne entgegen. Die einst mächtige Ostermarschbewegung ergoß sich im März oder April über das Land, um auf die Gefahren, die von Atombomben und Kernkraftwerken ausgehen, aufmerksam zu machen.

Im Moor quatschen die Füße nicht mehr, wenn er zu den Loughs wandert. Denn das Land ist ausgetrocknet. Loughs sind Seen. Er fragte einmal einen Bauern nach dem Weg zu einem Lake. Da bekam er im breitesten, irischen Englisch aber zu hören: „There are no lakes in Ireland. Here are only loughs." (Es gibt keine Seen in Irland. Hier gibt es nur Loughs.)

Die Natur lechzt nach Regen. Friedrich lechzt nach dem Regen, weil er mit der Fliegenrute endlich auf Lachs fischen will. Das geht in Irland nur, wenn die Flüsse genügend Wasser führen. Denn dann können die Lachse ihre Wanderung vom Meer in ihre Laichgebiete aufnehmen.

Jedenfalls die Lachse, die den Booten draußen im Meer entwischt sind. Jedes Boot darf Netze von sechs Meilen Länge auslegen. Manchmal legen sich drei Boote nebeneinander. Das macht dann eine Sperre von achtzehn Meilen in den Wanderwegen der Lachse. Sind sie denen entwischt, dann erwarten sie vor den Flussmündungen die Netzer. Wir Fliegenfischer stellen dann den restlichen Entwischten nach.

Alle drei Gruppierungen sind sich spinnefeind. Der Lachsbestand in Irland ist Besorgnis erregend zurückgegangen. Das liegt zum geringsten Teil an den Fischern, Netzern und Fliegenfischern. Ein wichtiger Grund ist die Verschmutzung der Flüsse. Aber viel, viel schlimmer sind die Lachsfarmen. Sie sind meistens im Mündungsgebiet der Flüsse in der Meeresbucht. Dort liegen dann große Gefängnisnetze nebeneinander. In jedem werden zehntausend Lachse gemästet. Die jungen Zuchtlachse per Hubschrauber in einer Tonne zu den riesigen Netzen gebracht. Beim Öffnen der Tonne fallen auch einige Junglachse in die Freiheit des offenen Meeres. Diese Lachse wandern auch zum Laichen in die Flüsse. Sie paaren sich mit den Wildlachsen. Deren Nachkommen haben aber die erforderlichen Gene nicht mehr, um als Ausgewachsene ihren Fluss zum Laichen zu finden.

Verschmutzung der Flüsse und die Genveränderung sind nicht die einzigen Gründe für das drohende Aussterben der

Lachse in Irland. Denn die Folgen der Mästung sind fast noch gravierender. Man stelle sich vor: Eine Lachsfarm hat fünf große Netze. In jedem Netz schwimmen bis zu fünfzigtausend Lachse auf engem Raum. Und der wird umso enger, je größer sie werden. Die Gefahr der Ansteckung durch Pilze wächst somit. Daher müssen große Mengen an Chemikalien ins Netzgefängnis geworfen werden. Dem Futter werden chemischen Farbstoffe beigemischt, damit die Lachse ihre rote Farbe entwickeln. Teile davon sinken zu Boden. Aber nicht nur die. Eine Lachsfarm der geschilderten Größe produziert soviel Fäkalien wie eine Kleinstadt von zwanzigtausend Einwohnern. Der Fäkalienberg wächst. Die Netze müssen deshalb nach einiger Zeit versetzt werden.

Dieses Gemisch aus Fäkalien und Chemikalien vernichtet alles Leben in der Bucht. Das Wasser fängt an zu stinken. Der Mensch riecht das nicht. Aber die Lachse. Der so entstandene Geruch des Wassers vor der Flussmündung bildet für die Lachse eine Barriere. Sie sind zum Wiederfinden ihres Geburtsflusses nicht nur auf ihr Navigationssystem angewiesen. Das führt sie lediglich in seine Nähe. Die Nase übernimmt dann die Führung zu ihrem Fluss. Denn sie müssen wieder in den Fluss, in dem sie geschlüpft sind. Die Nase hilft ihnen nun nicht mehr. Sie können ihren Fluss im wahrsten Sinne des Wortes nicht mehr riechen. Ziellos und unruhig treiben sie sich vor der Küste herum. Und nach einiger Zeit wandern sie wieder in ihre Fressgebiete zurück. Sie konnten nicht für Nachwuchs sorgen. Überall vernichten wir den Kreislauf der Natur. Und die rächt sich.

Friedrich wurde und war ein begeisteter Lehrer. Aber er zerbrach viel später in seinem Leben an seinen pädagogischen Idealen. Nach sechs Jahren als Assistent an der Hochschule wollte er bewusst wieder in einer Schule arbeiten. Denn seine Arbeit als Lehrer an einer zweiklassigen Schule im Teufelsmoor hatte ihm Spaß gemacht. Ebenso wie den Kindern.

Als er hörte, dass er in dem kleinen Dorf im Teufelsmoor arbeiten wird, veränderte er sein Aussehen. Die langen, lockigen Haare wurden auf Konfirmandenschnitt mit Scheitel links reduziert. Der zottelige Bart musste weg. Und es wurden Hosen mit Bügelfalte, weiße Hemden und Fliegen gekauft. Krawatte mochte er nun wirklich nicht umbinden. Auch spielte er in der Kneipe des Dorfes abends Doppelkopf.

Er wohnte bei dem Großbauern des Dorfes in Vollpension. Drei Generationen saßen am Tisch. Und der Lehrer. Das erste Mal in seinem Leben hatte er ein geregeltes Familienleben. Wenn auch als Gast und Beobachter. Er fühlte sich in der Familie geborgen.

Die Altbäuerin fragte ihn eines Tages: Wir haben keinen Pfarrer. Können Sie, wie Ihr Vorgänger, die Rede auf den Beerdigungen halten? Da zuckte er zusammen. Nein, das wollte er nicht. Später hat er das bedauert. Es wäre eine Bereicherung seiner Erfahrungen gewesen. Aber zu der Zeit befand er sich in seiner sozialistischen und antiautoritären Phase. Er hätte ja auch beten müssen.

Außerdem brauchte er anfangs alle Kräfte für die Vorbereitung der Schulstunden. In seiner Klasse saßen Kinder von der vierten bis zur siebten Klasse. Eine schwere Arbeit. Aber er fuchste sich schnell ein. Er hatte Freude daran. Stellte fest, dass eine jahrgangsübergreifende Klasse auch ein Vorteil sein kann. Die Kinder können voneinander lernen. Sind nicht allein auf den Lehrer angewiesen.

Als die Eltern merkten, dass die Kinder ihn mochten und gern lernten, machte er einen ersten Versuch, das Aussehen wieder zu ändern. Nach den ersten Ferien kam er mit einem Oberlippenbart und über die Ohren reichenden Haaren zurück. Im Laufe von zwei Jahren war er äußerlich wieder der Alte.

Eine Episode zeigt, dass er im Dorf trotzdem gemocht wurde. Er kam einmal nach einer durchwachten, jointhaltigen Rocknacht mit seiner holländischen Freundin und deren Freundin zur Schule zurück. Er wohnte jetzt in der Schule. Es war ein Sonntagmorgen. Der Gemeinderat machte gerade eine Besichtigung. Hinterher erzählte der Jungbauer ihm: Alle machten große Augen. Und der alte Stelljes sagte: *"Nu kümmt hei all mit twei."*

In seiner Zeit an dieser Schule hatte er ein einschneidendes Erlebnis. Es veränderte sein pädagogisches Handeln. Martin Buck brachte eines Tages eine tote Blindschleiche mit in die Schule. Das war die Gelegenheit, die Kriechtiere des Moores zu behandeln. Wie üblich wurde ein Tafeltext erarbeitet. Der Text enthielt auch Regeln, was bei einem Biss der Kreuzotter zu tun ist. Und was man auf keinen Fall machen darf. Beim Torfstechen kam es häufig zu Begegnungen mit Schlangen.

Um Anschauungsmaterial zu fangen, ging er mit einem Bekannten ins Moor. Drei Blindschleichen hatten sie schon. Da rief der Bekannte: „Hier ist noch eine." Friedrich stürzte hin. Die Schlange war schon halb in einem Grasbüschel verschwunden. Blindlings ergriff er sie am Schwanz. Sie schnellte herum und biss ihn in einen Finger. Frei war sie. Er hatte zwei kleine Löcher im Finger. Dicke Bluttropfen wölbten sich darüber. Er hatte mit den Kindern erarbeitet, dass nur Giftschlangen zwei Giftzähne haben. Trotzdem fragte er sich, ob es eine giftige Otter war. Obwohl er mit den Kindern besprochen hatte, dass man auf keinen Fall die Wunde aussaugen darf, wenn man schlechte Zähne hat, saugte er. Obwohl sie erarbeitet hatten, dass in einem solchen Fall der Arm abgebunden werden muss, band er nicht ab. Obwohl sie festgehalten hatten, dass man sich nur langsam bewegen darf, damit das Gift nicht schneller durch den Körper gepulst wird, lief er zur Schule zurück. Dorthinein ging er, um ein Bestimmungsbuch zu holen.

Als er damit herauskam, torkelte er wie ein Betrunkener. Der Bekannte brauste mit ihm zum nächsten Krankenhaus. Dort war immer Serum vorrätig. Er war schon aufgedunsen und blau angelaufen im Gesicht. Das Serum wurde gespritzt. Über einen Tropf wurde ein Stabilisierungsmittel in seine Vene geleitet. Sein Körper wurde von heftigem Zittern geschüttelt. Das Rütteln löste den Schlauch von der Kanüle. Mit jedem Herzschlag spritze Blut aus der Kanüle. Das Gift hatte eine euphorisierende Wirkung, wie ein guter Joint. Selig lächelnd sah er dem Sprudeln seines Blutes zu. Er dachte ganz ruhig: Nun stirbst du. Die Schwestern waren angewiesen, alle Viertelstunde nach ihm zu sehen. Dadurch wurde er vor dem Verbluten gerettet.

Als die Kollegin am nächsten Morgen den Kindern erzählte, dass er von einer Kreuzotter gebissen worden war, kam als spontaner Kommentar der Schüler: „So doof kann der doch nicht sein." Er lernte daraus: Seine pädagogische Arbeit war doof. Nur Besprechen und Festhalten in Texten ist sinnlos und wirkungslos. Es verändert das Handeln nicht. Erleben, anfassen, selbst entdecken, selbst entwickeln und wo immer möglich, die Gegenstände und Orte des Lernens aufsuchen.

Daher beteiligte er sich später an der Gründung der alternativen Glockseeschule in Hannover. Daher fuhr er mit Studenten nach Dänemark zu den Tvind-Schulen. Deren Schüler bauen nicht nur ihre Schule und ihre Wohnungen selbst. Sie pflanzen auch ihr Gemüse, Kartoffeln Obstbäume an und verpflegen sich selbst.

Sie reden nicht nur über Umweltschutz und Energieprobleme. Sondern sie bauten das erste Windrad. Friedrich hat dort an einem Flügel mitgearbeitet. Steht Entwicklungshilfe bei ihnen auf dem Plan, suchen sie ein Land in Afrika, Asien oder Südamerika auf. Reisende Hochschule nennen sie das.

Wieder zurück in Hannover an der Hochschule, organisierte Friedrich mit Studenten auch eine reisende Hochschule. Sie wollten die Konflikte ausländischer Kinder in Deutschland untersuchen und entschieden sich für italienische Kinder. Daher wollten sie nach Italien fahren. Es war ihnen wichtig zu sehen, in welchem kulturellen Umfeld die Kinder dort aufwachsen. Alle Studenten zahlten nach ihren Möglichkeiten Geld ein. Kleinbusse wurden gekauft. Einige mussten repariert wurden. Nach theoretischer und dieser praktischen Vorbereitung fuhren sie für sechs Wochen nach Italien. Alle kamen verändert zurück.

Nach der Hochschule wollte er ja bewusst wieder in einer Grundschule arbeiten. An der neuen Schule sollte er die schwierigste Lerngruppe übernehmen. Die Neuen bekommen die Aufgabe, vor der sich die anderen Lehrer drücken – so ist es an den meisten Schulen. Und ein wenig war wohl auch die Absicht: Wollen doch mal sehen, wie dieser Mann von der Hochschule damit klar kommt. Natürlich war Friedrich dem Schulleiter und den Kollegen bekannt. Aus seiner aktiven gewerkschaftlichen Arbeit. Auch durch die RAF-Geschichte.

Man könnte sagen: Ihm eilte ein Ruf voraus wie Donnerhall. Der allerdings donnerte wie ein von einer steilen Felswand zurückgeworfenes Echo auf ihn ein. Schlug ihn nieder. Er war in einer sehr labilen Verfassung. Die Beziehung zu Ulrike war zerbrochen. In seiner Seele hauste tiefschwarze Dunkelheit, die sich wie nasse Asche anfühlte. Und über all dem schwebte sein pädagogisches Ich-Ideal. Das konnte nicht gut gehen.

Er fühlte sich so abgeschoben, wie sich die sieben Kinder der Lerngruppe wohl auch fühlten. Sein Herz schlug für sie. Doch die hatten kein Ohr für diesen mitfühlenden Klang.

In der Gruppe waren drei Jungen und zwei Mädchen aus türkischen Familien. Und ein spanisches Geschwisterpaar. Um die türkischen Kinder zu beschreiben, soll hier so getan werden, als seien es deutsche Kinder. Auch die Namen werden eingedeutscht. Damit keine Vorurteile über Türken genährt werden. Oder der Hunger islamistischer Fundamentalisten gefüttert wird.

Die Kinder waren zwischen sechs und elf Jahren. Tobias besaß die Statur eines zukünftigen Boxers. Er war der aggressive Führer in der Gruppe. Mit seiner Ruppigkeit, seinem lauten Mundwerk, gepaart mit Einfältigkeit, dominierte er die anderen. Manfred war schmal und für sein Alter zu klein. Mit seiner schlauen Kaltschnäuzigkeit, gepaart mit geringem Einfühlungsvermögen versuchte er, sich groß zu machen. Der dicke Robert ließ sich durch nichts hinter der Fassade dümmlichen Phlegmas hervorlocken. Trotz des Phlegmas wurde er schnell wütend und schlug dann zu. Die kleine Helene war pfiffig. Von den Jungen ließ sie sich nichts gefallen. Sie war mutig und hatte Witz. Wollte nicht lernen, sondern sich lieber prügeln. Margareta war das Gegenteil. Sie war groß und dick. Sie ähnelte Robert. Aber als Mädchen schlug sie nicht um sich, sondern weinte viel still vor ich hin.

Der Kleinste in der Gruppe war Manolito. Der hatte das stolze Gehabe eines Toreros, der sich aber beim ersten drohenden Schnauben des Stieres in die Hose macht. Er versuchte seine kleine Statur durch große Worte zu kaschieren. Seine aufgeschossene Schwester Carmen stolzierte verloren herum wie eine Flamenco-Tänzerin, die vergessen hat, wo ihre Kastagnetten sind. Auch sie konnte von einer Sekunde zur anderen explodieren.

Hinzu kamen die religiös bedingten Vorurteile. Ein explosives Gemisch. Das sich auch in Friedrich zusammen gebraut hatte. Der kleinste Funke genügte. Schon kam es zu einer Explosion zwischen den Kindern. Den Kindern und dem Lehrer. Und in ihm selbst. Seine pädagogischen Ideale brachen wie ein Kartenhaus zusammen. Jede Explosion fegte sie weiter fort.

In Windeseile wurde Friedrich selbst wie die Kinder. Er explodierte schreiend. Konnte von Woche zu Woche weniger seine Impulse kontrollieren. Aber handgreiflich wurde er nur sich selbst gegenüber. Einmal schlug er voller Wut mit seiner rechten Hand so fest auf den Tisch, dass ein Mittelhandknochen brach. Friedrich bekam Angst vor sich selbst.

Diese Angst verwandelte sich in eine Schulphobie. Selbst mit Schlaftabletten konnte er nicht schlafen. Psychopharmaka hatten die Wirkung eines leichten Beruhigungstees. Appetitlosigkeit ließ ihn innerhalb eines halben Jahres soviel an Gewicht verlieren, dass er wie ein Magersüchtiger kurz vor der Zwangseinweisung aussah. Eine Freundin, die ihn lange nicht gesehen hatte, war erschrocken und entsetzt: „Was ist denn mit Dir los? Du siehst ja aus wie der wandelnde Tod." Das war seine Rettung. Er wusste, dass es so nicht weitergehen durfte.

Sein Arzt schrieb ihn für ein Vierteljahr krank. Aber seine Schulphobie verschlimmerte sich in dieser Zeit. Körperlich kam er wieder etwas auf die Beine. Aber psychisch nicht. Zu den ihn zerstörenden Zuständen überfielen ihn Schuldgefühle wegen des Versagens und marterten ihn. In seiner Verzweiflung suchte er seinen Freund Horst auf. Horst war ein guter

Freund. Vor allem in sehr schweren Zeiten. Sein Humor war trocken wie Wüstensand. Aber mit viel Wärme, die diesen Humor zu einer grünen, nährenden Oase in der Wüste der Gesellschaft machte. Nie war er sarkastisch oder ironisch. Immer war er engagiert im Kampf gegen Ungerechtigkeit. Er war, wie Friedrich, über den zweiten Bildungsweg gekommen. Lebte, arbeitete und engagierte sich nach seinem Studium in einer norddeutschen Stadt, in der man sich zu jeder Tageszeit mit „Moin, moin" grüßt. Mit Freunden und Gegnern war er offen, ehrlich und geradeaus.

Als Horst den abgemagerten, bleichen und zitternden Friedrich sah und seine Klagen hörte, merkte er trocken an: „Deine moralischen Skrupel helfen niemanden. Wenn Du leben willst, dann musst Du Deinen Zustand, Dein pädagogisches Versagen und Deine Schulphobie akzeptieren." Friedrich fühlte sich ein wenig entlastet und befreit. Dennoch musste er ein weiteres Vierteljahr krankgeschrieben werden. Danach wurde er im Gesundheitsamt auf seine Dienstfähigkeit überprüft. Die Ärztin und der Psychiater des Gesundheitsames bestätigten nach umfassenden Untersuchungen und ausführlichen Gesprächen seine Dienstunfähigkeit. Er wurde vorzeitig pensioniert.

Dieses Mal handelten Bekannte und Freunde ähnlich wie nach der Verhaftung von Ulrike Meinhof. Sie holten ihre moralisch scharf geschliffenen Messer aus der Tasche und verurteilten den Frühpensionierten. Mit ihm redete niemand. Keiner hatte gefragt, warum es ihm sichtbar schlecht ging. Keiner hatte sich bei ihm erkundigt, wieso es zu der Frühpensionierung gekommen war. Es war wie nach der Meinhof-Verhaftung. Da hatte auch niemand mit ihm gesprochen und gefragt, warum er so gehandelt hat. Wieder wussten viele es besser, wie er hätte handeln müssen.

Es war eine Farce. Doch ihn traf es wie eine Tragödie. Ein Trauma war wiederbelebt worden. Aber er konnte sich wehren. Er brach den Kontakt zu solchen Bekannten und Freunden ab. Noch einmal verstoßen zu werden, hätte er nicht ausgehalten.

Friedrich ist aus seiner Bahn geworfen. Nein, gefallen ist er dadurch nicht. Aber die Bahn der Trauer hat er verlassen. Die Liebe ist in ihn gefallen. Wie ein strahlender, flacher Stein, wie er sie früher übers Wasser tanzen ließ, hinterlässt diese Liebe auf dem ruhig gewordenen Wasser seines Lebens bei jedem Auftitschen einen Kreis, der sich in vielen neuen fortsetzt. Sie berühren sich beim Ausdehnen. Fallen ineinander. Werden Eins.

Er war sich sicher, dass lieben, verlieben, also verrückt sein, in allen Menschenaltern möglich ist. Schon das Baby ist ja verrückt nach seinen Eltern. Vor allem erst mal nach seiner Mutter und nach deren Brust. Wir Männer leisten ja leider nur einen minimalen Beitrag zum Entstehen eines neuen Menschen, denkt Friedrich melancholisch. Aber zu dessen Menschwerdung könnten wir Männer auch viel beitragen. Vor allem zur eigenen. Dazu gehört für Friedrich, nie aufzuhören neugierig zu sein. Gierig auf alles, was einem über den Weg läuft. Aber nicht, um es zu verschlingen, zu besitzen, es zu verdauen und wieder auszuscheiden. Nein, um es zu betrachten, zu bestaunen und sich zu wundern.

Vielleicht ist er doch nicht aus seiner Bahn geworfen. Er hat lediglich auf einer Station der Bahn angehalten und sich auf die Liebe eingelassen. Was ihn manchmal sehr durcheinander bringt. Jedenfalls im Unbewussten. Davon erzählt der Traum, den er heute kurz vor dem Aufwachen hatte, in reichlich ver-

worrener und doch klarer Weise. Er ging mit einer geliebten
Frau spazieren. Sie wollte mit ihm einen Paso Doble tanzen.
Zunächst hielt Friedrich sie fest, konnte sie aber nicht gut füh-
ren. Da sagte sie: Lass mich los und such mich nur mit deinem
Körper ganz eng an meinem Körper. Dränge und such mich.
Ich werde ahnen und merken, was du willst und lasse mich führen. Ihre Körper fanden sich und schwebten eng aneinander
gepresst, langsam und sanft wie ein Wesen über den Boden.
Beide waren gelöst, zutiefst glücklich und strahlten sich in die
Augen. Hin und wieder lösten sie sich voneinander in wirbeln-
dem Stakkato, um mit Stampfen und Schreien bei sich selbst
anzukommen, und sich dann wieder zu dem einen Wesen zu
vereinen.

Beim Frühstück fand Friedrich den Schlüssel zu diesem
Traum. Er konnte ihn öffnen, Raum, Zeit und Inhalt betrach-
ten und verstehen. Frauen haben ihn geführt, aber auch verlas-
sen. Ihn davor bewahrt, sich die Haare abzuschneiden. Den
Paso Doble tanzt er mit sich. Die Botschaft des Traums lautet:
Vertrau Dir! Schmieg Dich an Dich! Lass Dich von Dir führen.
Werde eins mit Dir!

Hört der Schmerz denn nie auf, schluchzt er. Er übt zwei iri-
sche Lieder für Samstag. Die will er im Glenn Tavern singen,
einem alten Pub in den Hügeln. Dort ist jeden Samstag eine iri-
sche Session. Er wurde bei jedem Besuch angesprochen, wann
er denn mal wieder singe. Erst hat er für sich allein das Lied
„Norah" geübt. Es wird auch „Maggy" oder „Mary" genannt.
Ein Liebeslied. Doch ein ganz besonderes. Es hat viele verschiedene Namen, weil jedes Mal dieselbe gemeint ist: Mother
Ireland.

Er übte noch ein anderes Liebeslied: „Down by the Salley Gardens". Eigentlich ein Gedicht. Geschrieben von William Butler Yeats. In diesem Gedicht hat er sein Leben zusammengefasst. Und seine lebenslange, unerfüllte Liebe in zwei anrührenden Vierzeilern verewigt. Viele können sich in ihm wiedererkennen. Friedrich also singt dieses Lied voller Sentimentalität in Erinnerung an Ulrike. Es wurde auf ihrer Beerdigung gesungen und ist für immer mit ihr verbunden. Während des Übens überfällt ihn tiefer Schmerz.

Er schluchzt verzweifelt und anklagend: Meine Güte, hört der Schmerz denn nie auf! Nein! Bei Yeats hat der Schmerz seiner unerfüllten Liebe ein Leben lang gedauert und seine literarische Produktivität wesentlich beeinflusst. Ihm wohl sogar einen Nobelpreis eingebracht, wenn man es ganz flapsig ausdrücken will.

Bei Friedrich endet sein Schluchzen in „Mama". Da war er erschrocken und musste gleichzeitig lachen. Nie hatte er seine Mutter mit Mama angesprochen. In dieser Trauer schwingt mehr mit. Wie ein Boot mit der Dünung mitschwingt. Es weist über den geliebten Menschen und sogar über die Mama hinaus. Gemeint ist *mother earth, Mother Ireland*, die *pacha mamba*, wie die Ureinwohner Lateinamerikas sagen. Die Mutter Erde. Ihr schütten sie vor dem Essen und Trinken immer erst einen Tropfen hin. Soweit Friedrich weiß, hat Mutter Erde in allen Kulturen eine hohe Bedeutung. Nirgendwo wird Vater Erde gesagt.

Einmal traf Friedrich am Fluss einen alten Iren. Er hatte gerade zwei schöne Lachse gefangen hatte und freute sich. Ein Lachs wog elf Pfund und der andere sieben. Der Ire sagte zu ihm, der stolz und strahlend neben den Lachsen im Gras ruhte: „Ich wette, du bist morgen wieder hier. Als ich ein junger Bursche war, da nannten wir solche Fische Fingerlinge. Wir fingen

Lachse, die über dreißig Pfund wogen." Friedrichs Freude zischte davon.

Er fragte den Alten, woher er komme. Er habe ihn hier noch nie gesehen. Da erzählte der, dass er wegen Armut schon als ganz junger Bursche Irland hatte verlassen müssen und nun in Wales lebe. Er sei sechsundachtzig und mache noch einen Spaziergang an seinem Fluss. „Mein Mutterhaus ist dort. Du kannst es sehen," sagte er mit zärtlichem Lächeln. Auf seinen Stock gestützt, klein und altersschwach wandert er staksend weiter. Friedrich denkt: Dies wird sein letzter Spaziergang, sein Abschied vom Fluss sein. Und er weiß, dass der alte Bursche das auch weiß.

Der alte Bursche hatte vom Mutterhaus gesprochen. Im Deutschen heißt es Vaterhaus. Daher auch die vaterlose Gesellschaft, in der Friedrich aufwuchs, nachdem das Morden, Brennen, Vergewaltigen, Ausrotten, Verhungern lassen durch deutsche Soldaten vorbei war. In Russland hatten die mordenden, und vergewaltigenden deutschen Soldaten allein siebzehntausend Städte und Dörfer in Schutt und Asche gelegt. Kein Wunder, dass die russischen Befreier später so wüteten. Sie haben nicht so fürchterlich gehaust, wie die Deutschen vorher in ihrem Land. Darüber wurde nicht geredet.

Deutsche Städte waren nun auch in Schutt und Asche gelegt. Hitler und seine Generäle hatten nach dem ersten Luftangriff gewusst, dass sie langfristig keine Chance gegen die Luftüberlegenheit der Alliierten hatten. Und doch machten sie weiter. Nahmen billigend in Kauf, dass Deutschland das passierte, was es anderen Ländern und Völkern angetan hatte. Nicht die Alliierten, sondern diese deutschen Verbrecher trifft die Schuld an den Bombardierungen.

Ja, vaterlose Gesellschaft. Millionen Männer waren umgekommen. Die überlebenden männlichen Deutschen waren zutiefst getroffen. Sie waren doch nicht die überlegene Rasse. Ihr Führer-Vater hatte sich durch seinen Selbstmord letztendlich als Waschlappen entpuppt. Dadurch schien vielen ihr eigener Wert verloren.

Nach dem Krieg erlebten die Frauen, dass man ihnen ihre Bedeutung wieder streitig machte. Als die Männer heimkehrten, mussten viele Frauen ihre gerade gewonnenen Freiräume wieder an die zurückkehrenden, körperlichen und seelischen Krüppel abgeben. Helma Sanders-Brahms hat das in dem Film „Deutschland, bleiche Mutter" bewegend gezeigt. In ihm wird in einer symbolischen, körperlich wehtuenden Szene gezeigt, wie gerade den selbstständigen Frauen die Zähne gezogen wurden.

Getrauert wurde nicht, sondern schnell wieder aufgebaut. Wie kann eine Generation, die so etwas angerichtet, geduldet und erlitten hat, der nachfolgenden Generation stabile Identitäten ermöglichen?

Friedrich und viele mit ihm versuchten es zuerst als Halbstarke, eine von den Eltern weg führende Identität zu entwikkeln. Orientierten sich an Horst Buchholz und Karin Baal. Trugen Klamotten, die den Ärger der Alten erregten. Als Friedrich sein blaues Fischerhemd über der Hose trug, war der wütende Kommentar des Vaters: „Ihr werdet noch mal bei den Russen landen." Als er sich an Bill Haleys „Rock around the clock" erfreute und aufrichtete, verlangte der Vater: „Stell endlich diese Negermusik ab." Friedrich saß vor dem Radio und wippte begeistert mit. Englisch verstand er damals noch nicht. Aber die Botschaft erreichte ihn.

So wie ihn auch später die Botschaften „Nieder mit dem Schah! Amis raus aus Vietnam!" erreichten. Gegen Unrecht an Mensch und Natur aufzustehen. Auch für seine eigene Befreiung. Nicht nur vom nationalsozialistischen Gedankengut, das in ihm eingelagert war. Sondern auch von dem Bild, das in seiner Familie und sogar in ihm selbst da war.

In einem Befreiungsprozess steckt er noch jetzt mit weit über sechzig Jahren. Der wird wohl nie enden. Lange hat Friedrich darunter gelitten, fühlte sich beschmutzt durch das, was Deutsche so vielen Millionen Menschen angetan haben.

Der erste Satz im neuen Grundgesetz, das im Auftrag der Befreier entworfen wurde, sprach ihm aus dem Herzen: „Die Würde des Menschen ist unantastbar." Ebenso wie weitere großartige Versicherungen, von denen manche inzwischen im Auftrag der kapitalistischen Interessen rückgängig gemacht oder verwässert wurden. Hier sei allein das Recht auf Asyl genannt.

Er hatte das Gefühl, dass dies alles in das Schluchzen um Ulrike einging. Nicht nur weil sie so sehr gegen dieses rechte, braungetönte Unrecht gekämpft hatte, ebenso gegen ihre familiäre nationalsozialistische Erziehung. Der ewige Schmerz sagt auch: „Du hast überlebt. Aber sie kann nichts mehr erleben." Darin klingt Schuld an. Er möchte nicht von seiner Überlebensschuld verschlungen werden.

Oft überfallen ihn Angst und Unruhe. Sie ergreifen Besitz von ihm. Oft auch dann, wenn er verliebt ist und wieder geliebt wird. Das ist eigentlich unverständlich. Er kennt das, seit er auf der Erde ist. Er kennt das schon als Gefühl von noch früher. Im warmen Wasser wurde er schon von diesen Gefühlen in Besitz genommen. Ewig ist es gekoppelt an die Furcht, verlassen zu werden.

Furcht ist schrecklicher als Angst. Angst ist ein Warnsignal. Sie kann helfen, wenn man ihr zuhört, auf sie achtet und sie ernst nimmt. Dann wird sie zum Helfer. Aber Furcht ist ein anderer, hässlicherer Geselle. Sie ist verwandt mit Gevatter Tod. Sie schlägt abgrundtiefe Furchen, so tief und glatt wie Gletscherspalten. Und genauso wie diese, hält sie sich bedeckt. Du betrittst ihre dünne Kruste und brichst ein, liegst in der tiefen Furche, der glatten Spalte, aus der es kein Entkommen gibt. Halt ein, sagt Friedrich zu sich. Entkommen bist du doch oft in deinem Leben. Er fragt sich, woher das kommt, dass er so oft entkommen konnte.

Verlassen zu werden, davor hat er abgrundtiefe, unbewusste Angst. Zu oft ist er verlassen worden. Vor allem gleich zu Beginn. Früh entwickelte sich in ihm das Gefühl, nicht wahrgenommen zu werden. Nein, eigentlich schlimmer noch: weg sein zu sollen. Gar nicht da sein zu dürfen.

Tief hat sich der im Uterus empfangene Auftrag, den toten Verlobten zu ersetzen, in ihm eingegraben. Und später ihre schrecklichen Worte: „Du bringst mich noch ins Grab und dann wird eine Hand daraus wachsen und Dich bestrafen." Oft hat er diese Worte zu hören bekommen. Es grauste ihn. Aber heute denkt er: Wenn das so oft zu mir gesagt wurde, dann entsprach ich offensichtlich nicht ihren Vorstellungen. Er war als Dickkopf verschrien. Seinen starken Willen hatte man brechen wollen.

Lieber ließ er sich einsperren. Redete manchmal tagelang nicht mit ihr. Machte mit dem Verbotenen weiter. Blieb im Innern bei seiner Meinung. Trug nicht die Kleider, die die Mutter ihm aufzwingen wollte. Er gab nicht nach, um sich nicht verbiegen zu lassen, zu einem Häkchen zu werden.

Manchmal ermahnte die Mutter ihn: „Lüg nicht. Es steht doch auf Deiner Stirn geschrieben. Ich kann es lesen, dass Du das warst." Dagegen konnte er sich wehren. Wenn er das Gefühl hatte, etwas Unrechtes getan zu haben, verdeckte er die

Stirn mit einer Hand. So konnte sie es nicht lesen. Und doch hat sich das Gift der Furcht und die Angst, schwarzes Schaf zu sein, wie Arsen in ihm abgelagert. Sie wirken noch im hohen Alter. Überfallen ihn in den schönsten Momenten. Sind nicht zu bremsen. Schütteln ihn.

Wieder und wieder die giftige Botschaft: „Du bist schlecht. Du hast Schuld." Als er von der Schule flog. Als die Meinhof in seiner Wohnung verhaftet und er verteufelt und gejagt wurde. Als Ulrike so schrecklich umkam.

Bei all diesen dramatischen Ereignissen musste er um seine Identität kämpfen, die sowieso schon immer fragil war. Der schreckliche Friedrich im Struwwelpeter war extra für ihn geschrieben. So kam es ihm vor. Er nahm auch dessen Revoltieren wahr. Bis in die Gebete verfolgte ihn dieses furchtbare Selbstbild. Die Stigmatisierung, ein schlechter Mensch zu sein. Und gleichzeitig war da auch immer die Kraft, sich nicht unterkriegen zu lassen.

Als er acht Jahre alt war, gab es mal Lauch mit Mehlschwitze zu essen. Den bekam er aber nicht runter. Da musste er den Familientisch verlassen und in der Küche an der Anrichte essen. Seine Mutter stand hinter ihm und zwang ihn, Löffel für Löffel in sich reinzustopfen. Plötzlich kotzte er alles wieder aus. Das musste er nun fressen. Er hat es getan und sich geschworen: „Nie wieder soll dich jemand so quälen und entwürdigen."

Das hat er dann aber leider oft mit selbst getan. Aber gebrochen hat man ihn nicht in seiner Trotzphase. Nach herkömmlicher Meinung ist Trotz etwas Schlechtes. Der kindliche Trotz muss gebrochen werden. Gib ihm ja nicht seinen Willen, ist eine beliebte erzieherische Maxime. Meine Güte, muss dieser kleine Friedrich stark gewesen sein. Es muss viel Trotz, also viel Kraft, in ihm gewesen sein. Muss der einen ausgeprägten Lebenswillen gehabt haben, denkt Friedrich. Das erste Mal voller Achtung und Stolz über diesen Jungen, der er mal war und noch ist.

Es lässt sich in seinem Leben, neben vielen anderen Spuren, eine deutlich erkennen: Ich lasse mich nicht unterkriegen! Er freut sich jetzt, dass er sich so sehen kann. Das macht ihn heiter. Furcht und Angst sind damit leichter zu ertragen. Selbst in der Trotzphase hat er weitergemacht, ist sich treu geblieben, konnte nicht gebrochen werden. Allerdings um den Preis, dass er sich selbst brach. Mehrere Male hatte er Armbrüche. Als Erwachsener litt er nach dem Tod seiner Ulrike Jahre an gebrochenem Herzen.

Er kam sich auch durch diese Überlegungen wieder etwas näher. Bei allen Versuchen, ihn und seinen Trotz zu brechen, ob durch Liebesentzug, Schläge mit der Hand, dem Stock, Strick oder Teppichklopfer, Einsperren in Toiletten, dunklen Ecken, unter Treppen, im düsteren Keller oder auf dem finsteren Boden, Essensentzug oder schlechtem Gewissen machen. Bei all diesen Versuchen scheint er sich selbst seine Würde bewahrt zu haben. Und wenn dieses Pflänzchen Würde schon fast vertrocknet war, schlug es wieder aus. Immer hat er sich das Gefühl und Wissen um seine Individualität bewahrt, um seine Einzigartigkeit. So wie jeder Mensch einzigartig ist.

Wellen der Trauer schütteln ihn. Sie heben ihn hoch empor und lassen ihn tief fallen. Manchmal hat er das Gefühl, er würde nie ein rettendes Ufer erreichen. Dann krallt die Angst nach ihm. So wie vor einigen Tagen die Angst, dass eine tiefe Depression ihn wieder einmal gefangen nehmen wird. Die Gespenster sind wieder da, die ihn seit Ulrikes Tod quälen. Vor allem das Gefühl von Ausgeliefertsein und Hilflosigkeit.

Schreiben hat ihm wohl nach ihrem Tod das Leben gerettet. Ähnliches hat auch Siegfried Lenz einmal geäußert.

Es hat seinen Grund, dass ihn Wellen der Trauer erschüttern. Dass ihn alle damals erlittenen Gefühle einholten. Ihre Wurzeln aus der Kindheit füttern sie mit bitterer Nahrung. Machen sie kräftig. Sonntagabend im Highland Hotel in Glenties wünschte Friedrich sich von dem Fiddler James Burnes und seiner Frau Conny, sie sollten das Lied spielen, das Denise auf der Beerdigung vortrug: "The resting chair". Er fühlte sich stark genug.

Als James und Conny es zart und klagend anstimmten, wurde es still im Hotel. Alle fühlten, dass es eine besondere Situation war. Alles Leid und die Bilder der Beerdigung wurden in Friedrich lebendig. Er erinnerte sich, dass er sich gewünscht hatte, der Pfarrer möge nicht mit seinem Ritual beginnen. Als Denise „The resting chair" spielte, wünschte er sich inbrünstig, sie würde nie aufhören. Denn dann bräuchte er Ulrike nicht unter die Erde zu bringen.

Nun holt ihn alles wieder einmal komprimiert ein. Quält ihn, wie es ihn damals gequält hat. Macht ihn elend. Und was das Elend noch verschlimmert, ist, dass er böse auf sich ist. Es sich nicht verzeiht, dass es ihm so geht. Es geht ihm so wie im ersten Jahr, im Sommer nach Ulrikes Tod in Irland. Aber das ist nun schon lange Jahre her, wirft er sich vor. Dies ist doch schon der vierte Sommer ohne sie.

Erinnerungen lindern seine Trauer. So wie der erste, laue Frühlingshauch den Winter scheinbar vertreibt. Sie lassen ein glücklich zartes Lächeln über sein Gesicht huschen, das so schnell verschwindet, wie ein Eichhörnchen in die Baumkrone.

Auf den Tag genau sind es fünfunddreißig Jahre her. Damals fanden sich am Nikolaustag auf dem Weihnachtsmarkt in Hannover Ulrikes und seine Hände das erste Mal. Scheu und überrascht lächelten sie einander an. Vorgestern waren es genau sieben Jahre, seit sie nicht mehr lächeln kann. Gestern vor siebzehn Jahren hörte ihr Lächeln den ganzen Tag nicht auf. Sie heiratete ihren Friedrich. Die letzten beiden Tage der Erinnerungen schweben leicht wie Feen daher. Werden aber von Geiern überfallen. Das Glück verschwindet in ihren aufgerissenen Schnäbeln.

Wie die Fische in den Wadis – den Flussbetten in der Wüste. Manche Fische verbuddeln sich vor dem Austrocknen der Wadis tief im Sand. Sie stellen sich tot und lauern auf den nächsten Regen. Oft nach jahrelangem Ruhen erwachen sie zum Leben. Wie die Fische im Sand der Wadis, so lauern Friedrichs traumatische Verletzungen auf ihren warmen Regen. Der mühsam erarbeitete Friede wird dann tagelang gestört. Das Geschwader der quälenden Gefühle stürzt sich mit sadistischer Wollust in diesen Frieden. Auslösende Ereignisse mögen geringfügig sein. Menschen in freundlichster Absicht handeln. Und doch sind die Folgen für ihn schrecklich. Da helfen ihm sein Wissen um diese Zusammenhänge, seine vielen Therapien und selbst seine psychoanalytischen Kenntnisse nicht. Wie dem Lahmen die Füße nicht helfen. Dem Tauben die Ohren nicht. Dem Stummen die Zunge nicht.

Der plötzliche, heftige Regen bildet in der Wüste reißende Ströme. Fische und Pflanzen erwachen für kurze Zeit. Die Pflanzen weben in kürzester Zeit einen bunten Teppich. Lassen den Sand für eine Weile verschwinden. Die Fische pflanzen sich in Windeseile fort. Sie haben keine Zeit zu verlieren. Alles lebt plötzlich in der Wüste. So wie Friedrich auflebt, wenn er verliebt ist. Verschwindet das Wasser unter dem Brennen der

Sonne, verwandelt sich alles wieder in Wüste. So geht es in ihm auch. Er war wieder interessiert an einer Frau. Aber sie hat einen Wolkenbruch auf ihn prasseln lassen. Die psychische Ruhe ist dahin. Das Wasser erweckt seine tot geglaubten Fische: Unsicherheit, Zweifel, Kränkung, Ängste, Panik, Schlaflosigkeit, Rückzug und Fremdeln, nicht zu stoppende Gedankenketten, Rechtfertigungszwang.

Er weiß, das wird nun Tage so gehen. Früher waren es Monate. In ihm schreit es wie der Unteroffizier Beckmann bei Wolfgang Borchers: „Versteht mich denn keiner?" Tief hat ihn der Schrei Beckmanns: „Hört mich denn keiner?" in jungen Jahren gerührt. Schon als Kind hatte er das Gefühl, ihn verstehe niemand. Damals wusste er noch nicht, dass das sein Lebensmotto sein würde. Sein Abend- und Morgenstern. Die wieder und wieder in ihm aufgehen werden.

Doch nun zum Anlass, der die alten Gespenster weckte. Er hatte eine Frau durch eine Annonce kennengelernt. Schon bald überfielen ihn Angst, Panikattacken und Schlaflosigkeit. Ausgelöst durch die eher verschlossene Haltung der Frau. Er interpretierte seine innere Krisenwelt so: Du willst sofort weglaufen, wenn es mal schwierig in einer Beziehung wird.

Obwohl es ihm durch sie schlecht ging, fuhr er mit ihr zum Skilaufen. In ein von ihm sehr geliebtes Albergo. Friedrich erlebte die Frau als kalt und nicht an einer Beziehung interessiert. Es ging ihm von Stunde zu Stunde schlechter. Sie lachte über sein Italienisch. Seine Art Spagetti mit dem Löffel zu essen nannte sie unitalienisch. Sie könne das gar nicht mit ansehen. In Oberlehrermanier kritisierte sie seine italienische Aussprache. Da explodierte er.

Am nächsten Morgen sagte sie ihm, er solle entscheiden, ob sie abfahren soll. Abgesprochen war, wenn es nicht gut geht, fährt sie ab. Es war ja „sein" Albergo. Er, getrieben von seiner

Interpretation: Du kannst nicht immer weglaufen. Und Sehnsucht nach einer Beziehung ließ ihn sagen, sie müsse das entscheiden. Sie blieb.

Seine Freunde Hesi und Karsten kamen und wurden von der Frau freudig umarmt und auf die Wange geküsst. Von der Frau, die ihn noch nicht einmal berührt, geschweige denn mit Namen angeredet hatte. Besonders das rührte in der schwelenden Glut der alten Verletzungen: nicht gemocht, gewollt, geachtet und für dumm gehalten zu werden. Die alten Gespenster feierten ihre Walpurgisnacht.

Nach einer schlaflosen, quälenden Nacht war er der Erste auf der Piste. Tief und dicht hingen die Wolken. Alles war grau. Nichts war genau zu erkennen. Es kam, was kommen musste. Die Piste verschwand und er landete auf dem Rücken in einem Wäldchen. Nur mühsam kam er wieder hoch und dank seiner Ortskenntnisse fand er die Piste wieder. Das war symbolisch. So war er auch mit dieser Frau vom Weg abgekommen. Die Freunde und die Frau saßen beim Frühstück. Sie schaute gar nicht auf, als er kam und sich setzte. Nun sagte Friedrich, dass er gleich nach Haus fahren werde. Auf die entsetzte Frage der Freunde: „Warum denn das?" anwortete er: „Wir tun einander nicht gut." Die Frau frühstückte weiter und ging dann mit den Worten an die Freunde: „Wir sehen uns dann." Ihn beachtete sie nicht.

Freund Karsten kam noch zu Friedrich aufs Zimmer. Unter Tränen erzählte Friedrich ihm, wie er diese Beziehung erlebt hat und warum er fahren muss. Auf der Rückreise fuhr Friedrich bei den Freunden Karin und Wieland und ihren beiden kleinen Töchtern vorbei. Sie sind wie seine Familie für ihn. In den wenigen Stunden bei ihnen hatte er mehr gelacht, als im ganzen bisherigen Jahr. Es hatte ihn befreit.

Warum lässt er so etwas noch mit sich machen? Vielleicht

kommt er sich durch Schreiben und die begonnene Trauma-Therapie auf die Spur. Warum sein Leben so oft aus der Spur gelaufen ist. Von Brüchen und Sprüngen zerrissen wurde. Weiter gelebt wurde. „Ich habe alles überlebt," war eine Erkenntnis der ersten Therapiestunde. Und die der zweiten war: „Ich gebe nicht auf." Das gibt ihm Kraft, noch lange zu leben.

Sie tranken und tranken und tranken. Falsch: Sie soffen und soffen und soffen. So, als wollten sie sich ertränken. Vergessen, was sie im Krieg erlebt, erlitten und getan hatten. Was ihnen angetan wurde. Oder sie selbst anderen angetan hatten. Die Männer in der Kneipe seiner Eltern. Dem einen fehlte ein Auge, anderen ein Arm, eine Hand oder ein Bein.

Allen fehlte ein Teil ihrer Gefühle. Vor allem das Selbstwertgefühl. Sie waren laut, lustig und zotig. Zu jedem Bier tranken sie mehrere Korn, Steinhäger oder Doornkaat. Das wechselte ständig. An manchen Abenden kam jeder von ihnen auf eine Flasche Schnaps. Freitags und samstags wurde Doppelkopf gespielt.

Noch in den fünfziger Jahren redeten sie oft über den Krieg. Ihre Erzählungen wimmelten von französischem Cognac, blonden holländischen Meisjes, schlanken, hübschen Polinnen und eleganten Französinnen. Taten dabei natürlich so, als hätten die nur auf die Deutschen gewartet. Aber über Fronterlebnisse kam kein Wort über ihre Lippen. Auch über den Tod sprachen sie nie. Auch nicht über die Badehosen ihrer Jungen. Die waren aus der Fahne der Nazis gemacht. Vorher hatte man noch schnell das Hakenkreuz herausgeschnitten. Dieses Herausschneiden und die Zweckentfremdung des Stoffes empfanden sie als ihre individuelle Entnazifizierung.

Das hat sie wohl doch nicht von ihren Erfahrungen und Gefühlen der Schuld und Scham befreit. Viele haben sich im Laufe der Jahre tot getrunken. Einer von ihnen ist Friedrich als besonders brutal in Erinnerung. Von ihm hatte er immer gedacht: Der hat in einem KZ gearbeitet. Damals hatte er noch eine falsche Vorstellung von solchen Capos. Er stellte sie sich immer als besonders brutal vor. Dabei waren viele abends liebevolle Väter.

Manchmal fuhren die Kneipengäste in den Puff Roter Hahn vor den Toren Hannovers. Der beinamputierte Nachbar sagte dann Tage später, mit seinem Gebiss klappernd: „Mir juckt das Loch von Sonntag noch." Alle lachten verständnisvoll. Wenn zotige Witze erzählt wurden, rief der Vater Friedrich zum Bedienen. Der Vater mochte solche Witze nicht.

Einmal sprach er tagelang nicht mit seiner Frau. Jetzt, wo Friedrich sich daran erinnert, weiß er nicht, ob das, was er damals für den Grund des Schweigens hielt, der wahre Grund gewesen ist. Es wurde am Stammtisch über die Beschneidung der Juden geredet. Die Mutter fragte in der Männerrunde, ob die wohl beim Beischlaf Gefühle in der Eichel hätten. Damals dachte Friedrich, der Vater sei wegen seiner Prüderie eingeschnappt gewesen. Jetzt taucht das erste Mal in ihm eine andere Vermutung auf. Vielleicht hat der Vater ja aus Scham- und Schuldgefühlen gegenüber den Juden geschwiegen. Dieser Einfall macht ihm den Vater sympathischer.

Über Juden wurde sonst nicht gesprochen. So als hätte es sie nie in ihrem Dorf gegeben. Das merkte Friedrich erst als Achtzehnjähriger. Das Schützenfest des Dorfes fand in einer Feldscheune statt. Zuviel Bier trieb ihn an eine Hecke. Während er pinkelte, sah er durch die Büsche einen gepflegten kleinen Friedhof. Neugierig zwängte er sich durch die Büsche. Es war ein jüdischer Friedhof. Vor jedem Grabstein lagen Steine.

Unwillig beantwortete die Mutter ihm am Tag darauf seine Fragen. Es hatten jüdische Familien im Dorf gelebt. Und in den Dörfern ringsum. Eine Familie hatte in ihrem Dorf eine koschere Schlachterei betrieben. Friedrich kannte den Laden nur als Kurzwarengeschäft. Der Besitzer war ein führender Nazi gewesen. Das Fenster der Schlachterei war in der Pogromnacht zerschlagen worden. Die Männer seien aus dem Nachbardorf gekommen. Ich weiß genau, wer es war, aber ich kann mich nicht mehr an ihre Namen erinnern, sagte die Mutter. So funktioniert das von Schuld und Scham belastete Gedächtnis.

Vorurteile über die Juden kamen verkleidet auf den Tisch. Der kleine drahtige Schlachter des Dorfes sagte manchmal: „Ich bin ein kleiner Itzig." Dass Itzig ein abfälliger Spitzname für Juden war, wusste Friedrich damals noch nicht. Der kleine Schlachter beschummelte gern die Kunden. Oft musste die Mutter das zum Braten gelieferte Roastbeef wieder zurückgeben. Weil es schon leicht roch oder aber gar kein Roastbeefstück war. War der Schlachter gut drauf, dann machte er einen Handstand auf dem Tresen oder der Stuhllehne.

Wenn die Gäste alkoholisiert und ausgelassen waren, ging es oft derbe zu:

„Gern der Zeiten gedenk ich, da alle Glieder gelenkig
Bis auf eins
Doch die Zeiten kehr'n nie wieder, steif sind alle Glieder
Bis auf eins."

Legten draußen Regen und Sturm einen wilden Tango hin, dann wurde gesungen:

„Wenn es draußen stürmt und wettert
Und Opa auf die Oma klettert
Die Kinder schreien in höchster Not
Der Opa macht die Oma tot
Kinder, macht Euch keine Sorgen

Der Opa will der Oma einen besorgen
Heute wird was losgemacht
Der Opa hat der Oma einen hingemacht."

Oder sie sangen mit anzüglichem Lächeln, hinter dem sich ihre unbefriedigte Lust versteckte:

„Mutti guck, Mutti guck, guck, guck
De Hahn, de sett al wedder
Op der Kluck, Kluck, Kluck"

Nach jedem Lied wurde die Kehle wieder angefeuchtet. Der Stammtisch bestand aus den *fuerzas vivas del pueblo,* wie man auf Spanisch sagen würde. Den lebenden Kräften des Dorfes. Den Landwirten und Geschäftsleuten.

Arbeiter und Sozis gehörten nicht dazu. Die tranken woanders. Deshalb nahm man es dem kleinen, drahtigen Schlachter übel, dass er bei den Sozialdemokraten eingetreten war. Er wurde aber deswegen nicht vom Stammtisch ausgeschlossen. Alle nahmen wohl an, er habe das nur getan, weil er auch die Sozialdemokraten als Kunden gewinnen wolle. Und davon gab es durch die Flüchtlinge viele. Er ist dann auch irgendwann wieder ausgetreten.

Vor dem Krieg hatte sich in der Kneipe seiner Eltern ein Gesangverein gegründet. Natürlich von den bürgerlichen Kräften des Dorfes.

Nach dem Krieg strömten auch viele Sozis und Flüchtlinge in den Verein. Die Flüchtlinge wurden von den Einheimischen noch mehr abgelehnt als die Roten. Deshalb verließen die Bürgerlichen den Verein. Sie kamen auch nicht mehr zum Abendschoppen, wenn der Verein probte. Und schon gar nicht zu dem jährlichem Tanzvergnügen des Gesangvereins. Da gingen sie doch lieber zum Feuerwehrball. Doch auch in die Feuerwehr sickerten im Laufe der Jahre Sozialdemokraten und Flüchtlinge ein.

Im Gemeinderat hatten die Sozialdemokraten damals die Mehrheit. Der Gemeindedirektor sagte einmal zu Friedrich: „Du denkst doch wie ein Sozialdemokrat. Komm zu uns." Friedrich war etwas geschmeichelt und etwas empört. Denn er hatte noch mit der Muttermilch die Vorurteile eingesogen. Damals konnte er noch nicht ahnen, dass er mal weit links von der SPD landen würde.

Er trinkt zu viel. Er raucht zu viel. Wie sein Vater. Der hat ja selbst im tiefsten Koma noch versucht zu rauchen und zu trinken. Friedrich hat diese schaurige Pantomime mit Entsetzen beobachtet. Nun beobachtet er sich selbst mit Entsetzen. Und so wenig, wie er genau weiß, was den Vater dazu getrieben hat, sich tot zu trinken, weiß er von sich selbst, was ihn zu diesem Handeln führt.

Sein Kardiologe hat ihm zweimal im Jahr Alkohol erlaubt. Heilig Abend und Silvester. Jeweils ein halbes Glas Sekt. Und bei Heilig Abend denkt er plötzlich an den deutschen Heiligen Herrn in Rom. Dessen Treiben betrachtet er mit Entsetzen. Am letzten Tag seiner Südamerikareise entschuldigte der sich bei den indianischen Einwohnern dafür, dass sie so lange darauf hatten warten müssen, bis die Katholische Kirche ihnen das Christentum und die Erlösung brachten.

Als ob vor der Entdeckung Amerikas die indianischen Einwohner entlang der amerikanischen Ostküste, vom eisigen Norden Kanadas bis zum kalten, windigen Süden Patagoniens gewartet hätten. Die Hände als Schattenspender über die Augen gehalten und gebannt aufs Meer gestarrt. Und in hunderten Sprachen ständig gedacht: Wann kommen sie denn endlich, um uns das Christentum zu bringen.

Aber es kam nicht die Liebe sondern: die Inquisition. Die Masern. Die Cholera. Die Folter. Die Hexenverbrennungen. Die Massaker. Die Lüge. Der Betrug. Die Sklaverei. Die Leibeigenschaft. Die Fronarbeit. Die Vernichtung. Die Vergewaltigung. Der millionenfache Mord. Allein in Mittelamerika und dem Süden Mexikos wurden in einem Jahrhundert fünfzig Millionen Menschen durch eingeschleppte und bewusst eingesetzte Krankheiten und Mord gemeuchelt. Dafür hat der Herr aus Rom sich nicht entschuldigt. Wie schrieb doch Paulus an die Korinther: „Alles was Ihr tut, soll durch die Liebe geschehen."

Bartholomaeus de las Casas, der berühmte Priester, der auf der Seite der Einwohner in Guatemala stand, hat die Gräuel beschrieben. Er würde sich im Grab umdrehen, wenn er vom jahrhundertlangen Wüten dieser katholischen Herren wüsste. Sich verzweifelt wälzen, wie er zu Lebzeiten verzweifelt war.

Aber von dem Herrn in Rom weiß Friedrich zu wenig, um zu verstehen, warum er sich so rückwärts wendet. Er ist wohl ein Gefangener der Institution Kirche, die ja immer rückwärts gewandt war. Vor keiner Untat zurückschreckte, wenn sie Menschen manipulieren wollte.

Nun hat Friedrich sich in seiner Wut wie ein Adler in unerbittlichem Sturzflug auf diese Gedanken gestürzt. Sie summten schon lange in ihm wie ein Schwarm von Todesbienen, die heimische Bienenstöcke und auch Menschen überfallen. Und er fragt sich, was für Todessehnsüchte noch in ihm schwirren. Sie sind wohl das Gift, das ihn in die Sucht treibt. Er leidet an der Unmenschlichkeit der Menschheit untereinander und gegenüber der Natur. Nun quält er sich nicht nur damit, sondern auch noch mit seiner Sucht. Vielleicht hilft ihm das Schreiben, den Pfad der Erkenntnis über sich selbst zu finden. Zur inneren Ruhe zu kommen. Das Leiden noch sehen. Aber nicht mehr so daran zu leiden. Sein Leiden ist uralt. Wohl weil er immer hinter die Kulissen schaute.

Bei jeder Besichtigung von Schlössern, Klöstern oder Kirchen fühlt er das Leid der Menschen, die in Fron- und Sklavenarbeit diese Bauten errichten mussten. Er kann nicht die Ästhetik und Schönheit sehen und sich daran erfreuen. Sondern er sieht immer, wie die Herren Könige, Bischöfe, Kardinäle und Päpste sich am Zehnten ergötzten. Und ständig hört er dann die Trommel brüllen: Wenn das Geld im Kasten klingt, die Seele aus dem Fegefeuer in den Himmel springt.

Er hört die Schreie der Gefolterten, das Knistern der Flammen der Inquisition, den Geruch des brennenden Fleisches. Er hört mit Grausen das Gelächter der feiernden Mönche, Priester und der gesamten Kurie. Er denkt an die gequälten und misshandelten Kinder durch die Priesterschaft. Von sexuellem Missbrauch mag er nicht reden. Denn das würde ja bedeuten, dass es einen sexuellen Gebrauch gäbe.

Gleich muss er sehr auf sich achten. Ein Freund kommt. Den hat er bei einem Essen unkontrolliert mit Worten überfallen und zutiefst gekränkt. Der Freund möchte über Grund und Art des Ausbruchs mit ihm reden. Friedrich muss seine Gefühle und damit seine Worte nun im Zaum halten.

Durch seine bäuerliche Herkunft weiß Friedrich, wie wichtig das im Umgang mit Pferden ist. Man muss bei der Arbeit oder beim Reiten die Zügel des Zaumzeugs straff halten. Denn sonst brechen sie aus. Können Unheil anrichten. So wie es ist, wenn mit einem die Gefühle durchbrechen und die Wörter in Galopp versetzen.

Das kennt Friedrich aus vielen schrecklichen Ereignissen. Vor allem eine Erinnerung ist lebendig in ihm. Er mag elf Jahre alt gewesen sein. Mit einem Speichenspanner fummelte er am Fahrrad seines jüngeren Bruders herum. Der wollte das nicht. Friedrich schrie ihn an, er solle bloß abhauen. Und warf mit dem Speichenspanner nach dem Bruder.

Der kam dann wieder in die Werkstatt zurück. Er war berechtigt wütend auf Friedrich. Nahm eine Eisenfeile und schmiss sie mit aller Wucht in Friedrichs Richtung. Zum Glück traf er nur das Bein. Dort blieb sie stecken. Friedrich rastete aus. Raste hinter dem Weglaufenden her. Die Eisenfeile flog in hohem Bogen bei diesem Spurt davon. Die Jagd ging durchs Haus, den Saal und endete in der Gaststube. Zum Glück waren gerade die Bierkutscher da. Damals brachten sie noch das Bier mit dem Pferdegespann aus Hannover. Starke Kerle waren sie. Erfahren im Umgang mit durchbrechenden Pferden. Beide schafften es nur mit großer Kraft, den Rasenden zu halten.

Die Erinnerungen wollen von diesem Ereignis weg. Sie wandern lieber nach St. Guénolé. Das Schönste an diesem Ort ist sein großer Hafen und das, was dort angelandet wird. Von den Fischern, die den Tag hinausfahren. Morgens ganz früh, wenn es noch dunkel ist. Jedenfalls im Winter. Viel Wein wird geladen. Die Arbeit ist hart. Auf dem Meer ist es kalt.

Vor allem die *langoustines* hatten es Ulrike und Friedrich angetan. In Deutschland, Norwegen und Schweden heißen sie Kaisergranat. Man isst sie ganz frisch mit Knoblauch und Olivenöl gebraten. Dazu ein *Entre deux mer*. Danach sich lieben. Das viele Eiweiß erhöht die Empfindlichkeit des Körpers und der Seele.

Als sie diesen Hafen entdeckten, kannten sie schon viele Fischsorten. Anfangs ekelten sie sich immer vor dem Seeteufel, dem *rape*. Mit seinem riesigen Kopf und der wabbelnden, fast schwarzen Haut sah er abstoßend aus. Einmal aßen sie in einem Restaurant weiße Medaillons, mit festem und besonders schmackhaftem Fleisch. Damals ahnten sie nicht, dass es sich dabei um diesen ekelhaften Kerl handelte.

Daher gab es ihn auch auf ihrer Hochzeit. Und natürlich Gambas in Knoblauch und Olivenöl gebraten. Als letzter Gang des Hauptmenüs kamen neun schwere, knusprig, braune Gänse auf den Tisch. Die hatte ein Bäcker für sie in seinem großen Ofen gebraten. Ulrikes Stiefmutter Elisabeth erzählte später überall, dass es siebenundzwanzig Gänse gewesen wären. Ulrike wollte sie korrigieren. Aber Friedrich konnte sie gerade noch daran hindern. So hört es sich viel poetischer an.

Doch zurück nach St. Guénolé. Mit einem Freund fischte er auf Aal. Dazu sind fangfrische Sardinen wichtig. Sind sie einen Tag alt, fängt man kaum noch. Der Aal will am liebsten lebende Beute oder aber ganz frische.

In alkoholisierter Stimmung wurde von den Gästen in der Kneipe seiner Eltern gesungen:

„Auf dem Teiche schwamm 'ne Leiche
Humdarassa, Humdarassa
Und in ihrem Geschlechtskanal
Humdarassa, Humdarassa
Wand sich ein dicker fetter Aal.
Humdarassa, Humdarassa"

Männerphantasien. Das Lied erklärt mehr das natürliche Verhalten der Aale. Ist er nicht auf Beutezug, verkriecht er sich gern in Höhlen. Daher legten die Masuren Pferdeköpfe ins Wasser. Als ideale Verstecke für Aale. So konnte man sie fangen. Wenn bei Baggerarbeiten im Hafen von St. Guénolé mal ein Autoreifen mit hochkam, war mindestens ein Aal darin.

Dieser Fisch interessiert bretonische Fischer nicht. Im Gegenteil, sie ekeln sich fast davor. Wie überhaupt vor Süßwasserfisch. Sie konnten den Aalfänger nicht verstehen, dass er speziell auf diesen Fisch angelte. Wenn er ihnen erzählte, dass

Räucheraal in Deutschland teurer sei als Räucherlachs, glaubten sie dies nicht.

Friedrich und sein Freund fingen viele Aale. Der Freund kochte gern. Tagelang gab es Aal in jeweils anderer Zubereitung. Sie fingen so viel, dass sie noch achtzig Aale tiefgefroren mit nach Hannover nehmen konnten. Dort gab es für Freunde und Verwandte häufiger frisch geräucherten, noch warmen Aal satt. Geräuchert wurden die Aale im großen Räucherofen von Friedrichs Freund, einem Bauern aus einem Dorf in der Nähe Hannovers. In dessen Scheune waren das Dorfgefrierhaus und ein großer Räucherofen eingebaut.

In den fünfziger Jahren errichteten viele Dörfer allen Bewohnern offen stehende Badehäuser. Friedrichs Familie hatte einen eigenen Badeofen. Der wurde damals mit Holz gefeuert. Jeden Samstag wurden die vier Brüder nacheinander ins gleiche Wasser gesteckt.

Aber die vielen Flüchtlinge und Arbeiter hatten dieses Vergnügen nur im Badehaus. Gleichzeitig wurde damals in den Dörfern auch ein Gefrierhaus gebaut. Dort konnte man sich Fächer mieten. Der bäuerliche Freund hatte in seiner Scheune ein großes Gefrierhaus und den Räucherofen.

Seine Brüder fühlten sich durch die Einladungen zu Räucheraal an eine Tradition der Familie erinnert. Bei ihnen gab es früher nur einmal im Jahr geräucherten Aal. Das war Heilig Abend. Ein norddeutscher Brauch. Aber nur in den Familien, die sich das leisten konnten. Natürlich war ein Aal in seiner sechsköpfigen Familie viel zu wenig. Argwöhnisch beäugten die Brüder einander, ob nicht jemand ein größeres Stück als man selbst bekam.

Noch argwöhnischer wurde am Heilig Abend etwas anderes beobachtet. An diesem Abend wurde die erste selbst geschlachtete Mettwurst angeschnitten. Die Brüder kontrollierten einander genau, wie dick der andere die Wurstscheiben schnitt. Der Jüngste brachte es immer auf zwei oder drei Scheiben Gersterbrot mit Mettwurst. Er behauptete immer, seine Mettwurstscheiben seien besonders dünn geschnitten.

Heilig Abend war der einzige Abend im Jahr, den seine Familie miteinander verbrachte. Das war nicht ohne Komik. Jeden Heilig Abend gab es das gleiche Schauspiel. Morgens ging der Vater zum Friseur Heuer und ließ sich seinen Stahlhelmschnitt verpassen. Mit Scheitel links und an den Seiten und hinten kahl. Er war Mitglied im rechten Stahlhelm-Verband gewesen.

Nach dem Schneiden kaufte er bei Heuer das damals obligatorische Weihnachtsgeschenk für die Mutter. Eine Flasche 4711. Er versteckte sie. Abends fand er sie nicht wieder. Mutter und Kinder amüsierten sich über seine vergebliche Suche. Dann half ihm einer. Er überreichte sein Geschenk voller Freude. Dann küssten sich die Eltern. Friedrich war das unangenehm. Denn das taten sie sonst nie. Er hielt es für unangebracht. Hatte ein Gefühl, dass das nicht stimmig wäre. Denn oft hörte er nachts den lauten, aggressiven Streit der Eltern aus ihrem Schlafzimmer.

Die Mettwurst wurde jedes Jahr zu Buß- und Bettag gemacht. An diesem Tag kamen Städter zur Schlachteplatte aufs Land. Das war in den fünfziger Jahren, als man noch sehr fett aß. Zwei Schweine wurden für diesen Tag in der Scheune geschlachtet.

Vom alten Glockemann. Mit Spitznamen Stresemann. Wohl wegen seiner Leibesfülle. Sonst hatte er keine Ähnlichkeit mit dem Politiker Stresemann, der immer im Stresemann erschien. Alle trugen sie damals Spitznamen. So hieß zum Beispiel der Friseur Schnutenputzer. Der Hausschlachter Glockemann war im Sommer Maurer. Im Herbst und Winter verdiente er sein

Geld als Hausschlachter. Er zog zum Schlachten von Bauernhof zu Bauernhof.

Noch jetzt hat Friedrich das entsetzliche Quieken der Schweine im Ohr, wenn sie an Ohren und Schwanz zur Schlachtbank geschleift wurden. Er hat das Sprudeln des Blutes vor Augen, wenn das Schwein nach Betäubung mit dem Bolzenschuss-Gerät abgestochen wurde. Das Blut fing man im Eimer auf. Dabei musste es ständig mit der Hand gerührt werden bis es kalt war. Sonst wäre es geronnen. Es wäre dann nicht mehr geeignet gewesen, um die leckere, mit Zunge und fetten Kinkeln gefüllte Rotwurst zu machen. Kinkel sind aus Bauchfleisch geschnittene Würfel. Die gehörten auch in die Beutelwurst. In die kam noch etwas mehr Mehl als in die Rotwurst.

Die Beutelwurst wurde zum Essen in Scheiben geschnitten und gebraten. Dazu gab es selbst gemachten Kartoffelsalat. Die Mutter erzählte gern, wie es war, als sie in der Familie das erste Mal Beutelwurst briet. Am Abend auf dem Klo hörte sie dann ihren Schwiegervater auf dem Nachbarklo murmeln: „Dat Mäken mut de Bullwost dicker snaan." (Das Mädchen muss die Beutelwurst dicker schneiden.) Zunächst war sie erschrocken. Doch dann musste sie lächeln. Beim nächsten Mal schnitt sie die Beutelwurst dicker. Danach hörte sie kein Grummeln mehr vom Nachbarklo.

Nach dem Ausbluten wurde das Schwein mit kochendem Wasser übergossen. Dadurch ließen sich mit Hilfe von Spritztüten aus hartem Blech die Haare besser abschaben.

Anschließend wurde die Haut mit einem scharfen Messer von den kleinen Borsten gereinigt. Die Haare nahm Glockemann mit. Nichts wurde achtlos beiseite geworfen.

Nun wurde das Schwein aufgehängt und der Länge nach aufgeschnitten. Dann strömte Friedrich die Wärme entgegen, die dem aufgeschnittenen Schweinebauch entwich. Die Gedärme hingen heraus bis auf den Boden. Achtsam wurde mit ihnen umgegangen. Sie wurden noch gebraucht. Lediglich die Galle wurde weggeworfen. Genauso wie die Hütchen ähnelnden Nägel der Klauen. Denn die Füße wurden ja für Eisbein mit Sauerkraut benötigt.

Waren die Innereien sorgfältig getrennt, kam die Arbeit, die Friedrich am meisten faszinierte. Die Gedärme wurden gesäubert. Erst wurde der Inhalt aus ihnen heraus gestrichen. Mit der linken Hand klemmte Stresemann den Darm zwischen den Fingern ein. Mit der rechten zog er dann die meterlangen Därme durch diese Schleuse. Am Ende kam der Nase beißende Inhalt heraus. Alles verteilte sich im Stroh auf dem Betonboden.

Nun kam das, von dem er nie genug bekommen konnte. Ein Ende des geleerten Darms wurde verknotet. Dann ein wenig in den Darm hinein geschoben. In diese so entstandene Verdoppelung des Darms wurde per Hand Wasser geschöpft. Das drückte das Knotenende tiefer und tiefer in den Darm. Wenn dieses nach innen gestülpte Knotenteil dann am Ende aus dem Darm heraus kam, kroch es wie eine Schlange durch das Stroh. Friedrich wusste nicht, was er mehr beachten sollte. Das Kriechen des Darms. Oder die Fingerfertigkeit des Schlachters. Am Schluss war die ehemalige saubere Außenseite des Darms die Innenseite geworden. Die dreckige Innenseite konnte nun gut gesäubert werden. Die so gewendeten und gesäuberten Därme wurden zum Wurstmachen benötigt. In den Dickdarm kam die Rotwurst. In den dickwandigen Dünndarm die Knappwurst. In den feineren Dünndarm die Leberwurst.

Auch die Blase wurde gesäubert. In die kam die Sülze. Die gesäuberte Blase wurde aufgepustet und zugebunden, damit sie beim Trocknen bis zum nächsten Tag nicht schrumpfte. Mit der Blase erlaubte sich Glockemann dann am nächsten Tag einen Scherz. Mit der Mutter, als sie das erste Mal dabei war. Als er die getrocknete Blase nahm, weil er sie für die Sülze brauchte, sagte er zu ihr: „Dörchen, bring mir mal schnell einen Teller und halt ihn unter die Blase." Auf diesen Teller ließ er dann die Luft aus der gestern aufgeblasenen Blase strömen. Dörchen wurde so böse, dass er so einen Scherz nie wieder mit ihr machte. Hahnjökelei wurde das genannt.

Wenn die Sülze fertig war, machte Stresemann seine nächste Hahnjökelei. Auch einmal mit Friedrich: „Nimm dir einen Handwagen und fahr zu Bauer Kasten. Dort habe ich gestern meine Sülzenpresse stehen gelassen. Die sollen sie dir in den Handwagen packen." Friedrich zockelte also los. Ernst Kasten ging, ohne eine Miene zu verziehen, mit dem Handwagen in die Scheune. Als er wieder herauskam war der Handwagen bis zum Rand gefüllt und darüber Stroh gedeckt. Damit in die Sülzenpresse kein Dreck kommt, sagte er lächelnd. Aber es war doch eher ein schadenfrohes Grinsen. Friedrich also mit dem Handwagen zurück nach Haus. Keuchend kam er an. Der Wagen war für den Kleinen doch sehr schwer gewesen. Dort wurde dann vor seinen Augen das Stroh abgenommen. Alles krümmte sich vor Lachen. Der Handwagen war voller Ziegelsteine.

Nur er konnte nicht lachen. Aber seine Gutgläubigkeit gab er deswegen nicht auf. Er blieb vertrauensvoll. Konnte und wollte sich nicht vorstellen, dass es Menschen gibt, die ihn hereinlegen oder seine Gutmütigkeit ausnutzen wollen. So vertrauensvoll war er auch, als eine Frau nachts bei ihnen klingelte und fragte, ob ab morgen ein Paar für einige Tage bei ihnen wohnen könne.

Geschlachtet wurde am späten Nachmittag. Alle paar Minuten fand sich ein Grund, einen Lütjen zu heben, wie das genannt wurde. Also einen Schnaps zu trinken. Im Nu war eine

Schnapsflasche geleert. Die nächste wurde geholt. Abends trank man in der Kneipe der Eltern weiter. Früh am nächsten Morgen ging es dann ans Wurstmachen. Wenn der Schlachter kam, musste schon der große, kupferne Waschkessel mit brodelndem Wasser gefüllt sein. In ihm wurde das Fleisch gekocht, das für Leber-, Knapp- und Rotwurst verwandt wurde.

Nachbarn brachten Kannen. Die holten sie am Abend gefüllt mit Brühe ab. Dazu bekamen sie dann extra angefertigte kleine, runde Knappwürste für die Kinder mit.

Die Mettwurst wurde aus Mett gemacht. Viel davon musste für den Abend übrig bleiben. Mett, dicke Scheiben fetten, warmen Bauchfleisches und frisch gemachte Wurst wurden den Stammgästen vorgesetzt. Die fraßen sich satt und tranken sich voll. Schlachtete ein anderer Bauer, dann brachte er am Abend seine Portion in die Kneipe. Und wieder fraßen sie sich satt und tranken sich voll.

Dass zu Buß- und Bettag geschlachtet wurde, fußte in der niedersächsischen Tradition. Aber auch im Geschäftlichen der Familie. Denn am Buß- und Bettag kam ein Kegelklub der Reichen aus Hannover. Auch sie aßen und tranken gern. Außerdem kauften sie dann von der frischen Wurst. Jedes Jahr wurden mehrere Schweine geschlachtet.

Nach dem Krieg kamen die reichen, eingebildeten, hungernden Verwandten, Bankdirektoren und Fabrikbesitzer mit ihren Kindern zum Sattessen aus der Stadt. Im Winter gleich mehrere Male. Aßen von der frischen Mettwurst eine Portion nach der anderen. Wenn der Schinken dann endlich reif war, hörten sie mit dem Stopfen nicht mehr auf. Als sich ihre 40 DM der Währungsreform vervielfältigt hatten und daher auch Wurst in der Stadt zu kaufen war, waren die bäuerlichen Verwandten kaum noch einen Besuch wert. Schon damals spürte Friedrich, dass diese Verwandten auf seine Familie herabsahen. Die fremden Gäste aus der Stadt zahlten wenigstens. Aber Friedrich ärgerte es trotzdem. Denn er hätte das alles lieber selbst gegessen.

Bis heute hat er zu Schinken und Mettwurst eine besondere Beziehung. Aus Spanien hat er sich immer einen guten Jamon Serrano mitgebracht. Noch heute isst Friedrich zum Fernsehen Mettwurst, schneidet sich mit dem geliebten scharfen Messer eine dicke Scheibe ab. Die wird ohne Brot gegessen.

Früher schlich er sich in die Räucherkammer. Dort hingen die Schinken zum Trocknen. Mit seinem Taschenmesser säbelte er sich vorsichtig kleine Stücke ab. Meistens wurde das aber von der Mutter entdeckt. Strafe gab es. Oder er schlich sich in die Speisekammer und tat das Gleiche mit der Mettwurst. Die Mutter konnte ihn nicht bremsen. Daher versteckte sie die Wurst. Aber seine Gier und seine Nase führten ihn zu den besten Verstecken.

Nun aber sagt seine Nase zu ihm: Darüber wolltest Du anfangs doch gar nicht schreiben. Sondern über Deine Wutanfälle. Bei Mettwurst und Schinken zeigte er sich ja pfiffig und findig. Aber auch unkontrolliert. Er konnte nicht stoppen. Und genauso wenig konnte er sich stoppen und kontrollieren, wenn die Wut über ihn kommt. Manchmal aus nichtigem Anlass.

So war es auch vor kurzem bei dem Essen gewesen. Deswegen kam der Freund. Friedrich konnte bei dem Klärungsgespräch seine Gefühle im Zaum halten. Er hat also doch gelernt, auf seine Gefühle zu achten und sie zu steuern. Früher in seinem Leben ist es nie zu solchen klärenden Gesprächen gekommen. Er hat sich verweigert. Wohl aus Schutz, damit es nicht noch schlimmer wird. Oder weil er sich zutiefst gekränkt fühlte.

Er hatte nicht gelernt, Schuld zuzugeben. Konnte er auch nicht lernen. Denn in seiner Kindheit wurden weder kollektive noch familiäre Schuld bekannt. Verstrickung und Schuld wurden verdrängt. Trotz aller Mahnmale und Reden lagert das Verdrängte bis heute im kollektiven Unbewussten. Sonst wäre Walsers Ausspruch von der moralischen Keule nicht auf ein so positives Echo gestoßen. Ein Hinweis darauf, dass Schuld- und Schamgefühle kollektiv vorhanden sind. Sie wurden aber durch die Bejahung von Walsers Äußerungen abgewehrt.

Auch er konnte jahrelang keine Schuld eingestehen. Sondern reagierte mit abwehrender Aggression. Vor allem, wenn er das Gefühl hatte, falsch beurteilt und behandelt zu werden. Dieses Gefühl lag wie ein jederzeit zum Keimen bereiter Samen in ihm.

Diese Samen vervielfältigten sich in ihm nach der Verhaftung der Meinhof. Von allen Seiten prasselten Vorwürfe und Ablehnung auf ihn ein. Wie Hagelschauer, mal kleine, scharfkantige Vorwurfskörner. Mal dick wie Taubeneier. Manchmal allerdings schlugen auch Meteoriten ein. Von rechts und links. Auch von Menschen, die er für Freunde gehalten hatte. Und leider auch von ihm selbst. Er fühlte sich schuldig. Ohne es sich einzugestehen.

Unerträglich wurde es, als Todesdrohungen gegen ihn bei der Polizei eingingen. Häufig wurde er am Telefon beschimpft und bedroht, er werde bald umgebracht. Jahrelang ließ er sein Auto nicht ohne Kraftanstrengung an. Jedes Mal fürchtete er, in die Luft zu fliegen. Wegen der Morddrohungen stand er unter Polizeischutz. Polizisten wohnten bei ihnen manchmal wochenlang. Er musste eine kugelsichere Weste tragen. War ständig in Verteidigungshaltung.

Mehrere Male wurde ihm eine neue Identität in einem Land seiner Wahl angeboten. Mit lebenslanger Versorgung. Weil er als eine höchst gefährdete Person eingeschätzt wurde. Ein letztes Mal während der Gefangenschaft von Hanns Martin Schleyer.

Beamte vom Bundeskriminalamt trafen sich als Angler verkleidet mit ihm. Friedrich verbrachte damals fast jeden Tag vom Morgengrauen bis zum Abendrot beim Angeln. Heute weiß er, es war eine Flucht und ein sich Verstecken.

Beim letzten Mal eröffneten ihm die Kriminalbeamten: „Wir kommen im Auftrag der Bundesregierung. Sie haben ja selbst gesehen, wir konnten Schleyer nicht vor der Entführung schützen. Weder Ponto, noch Buback oder all die anderen Ermordeten. Wir halten Sie für eine sehr gefährdete Person, mit der die RAF den Staat moralisch erpressen kann. Wir können Sie nicht schützen. Die Bundesregierung bietet ihnen Beiden ein letztes Mal eine neue Identität und lebenslange Versorgung als Schutz an. Wenn Sie das wieder nicht wollen, dann müssen sie bitte diese Erklärung unterschreiben, dass wir Sie gewarnt und Sie abgelehnt haben."

Er unterschrieb, ohne mit Ulrike darüber geredet zu haben. Er wusste, dass sie auch unterschreiben würde. Angst und Vorsicht bei Kontakten blieben sein ständiger Begleiter.

Das Glück kam selten allein in seinem Leben. Ihm saß eher das Pech im Nacken. Ritt ihn, um ihn zu zähmen. So wie der Cowboy dem wilden Mustang seinen Willen bricht. Bei zu viel Glück wären Friedrich wohl die Zügel durchgegangen. So hatte das Pech die Aufgabe, ihn im Zaum zu halten. Friedrich war aber auch ein Glückspilz.

Geboren im Juni 1939 musste er in seinen ersten sechs Jahren in der braunen Suppe das Schwimmen lernen. Da er ja das

Gras wachsen hörte, muss er wohl schon damals gefühlt haben, dass diese Suppe wenig bekömmlich ist.

Meistens war die Mutter die Dompteurin. Oft nutzten deren Gesten und Worte nichts, um Schuld- und Schamgefühle in ihm auszulösen. Dann wurden nicht nur die Sporen, sondern auch Hände, Teppichklopfer, Kochlöffel, Strick oder Einsperren im dunklen Keller eingesetzt. Besonders oft bei ihm. Denn er hatte ja den Hang zur Rebellion. Einen Dickkopf nannte man ihn deswegen.

Doch wieder und wieder schneite das Glück wie ein unerwarteter, aber ersehnter Gast bei ihm herein. Als Kind bemerkte er das Rieseln des Glückes kaum. Erst spät lernte er es zu genießen. So, als Ulrike sich in ihn verliebte. Das war das größte Glück seines Lebens. Hatte er sich doch gleich verliebt, als er sie das erste Mal sah. Aber immer gedacht: So eine tolle Frau wird sich nie in einen Dorfjungen wie mich verlieben. Als sie sich nach der jahrelangen Trennung erneut ineinander verliebten, war er selig. Auf dieser Welle des Glücks segelte er wie ein peruanischer Andengeier. Wenn der seinen holprigen Start hinter sich hat, kann er mit seinen breiten Flügeln fast in die Unendlichkeit segeln.

Die Zulassung zur Hochschulreifeprüfung war Glück. Denn er erfüllte die Voraussetzungen nicht. Das war bei der Zulassung nicht aufgefallen.

Bei einer anderen Prüfung hatte er wieder so etwas wie Glück. Noch als Assistent an der Hochschule bewarb er sich am Psychoanalytischen Institut in Hannover. Er wollte Therapeut für Kinder und Jugendliche werden. Seine Bewerbung wurde abgelehnt. Er erfüllte alle Voraussetzungen. Aber er war zu alt. Das Institut ließ nur Menschen zur Aufnahmeprüfung zu, die noch nicht vierzig Jahre alt waren. Er beschwerte sich. Aber es blieb dabei.

Er meldete sich an dem Institut zu einem Seminar an. In dem wurden Interessierte aus sozialen Berufen mit psychoanalytischen Erkenntnissen vertraut gemacht. An jedem Kursabend wurde ein Referat zu einem bestimmten Thema gehalten. Dann löste sich die Großgruppe in Kleingruppen auf. In ihr wurde dann in Diskussionen oder Rollenspielen das Thema des Abends gefühlsmäßig erfassbar gemacht.

Sowohl zeigte er Gespür für die Gefühle der anderen Seminarteilnehmer. Als auch konnte er eigene zeigen. Die Tragödien seines Lebens hatten ihn sensibel gemacht. Das hatte der Leiterin der Gruppe wohl sehr gefallen. Nach einem halben Jahr fragte sie ihn: „Willst du wirklich die Ausbildung zum Kinder- und Jugendtherapeuten in deinem Alter noch machen?" Um dann auf sein entschiedenes „Ja" zu sagen: „Dann bringe ich das noch mal im Ausbildungsausschuss ein."

So war er durch sein Sosein sein eigener Glücksbringer. Wurde trotz seiner 42 Jahre zur Prüfung zugelassen. Eine Lex Friedrich wurde geschaffen. Über sechzig Männer und Frauen hatten sich beworben. Aber nur zwölf wurden zur fünfjährigen Ausbildung zugelassen.

Einige Dozenten werden das bereut haben. Andere freuten sich offensichtlich. Bereut haben das die Dozenten, die in einem kleinkarierten Theoriesumpf festsaßen. Diese Dozenten hatten über den Tellerrand der Theorie von Schultz-Henke nicht hinaus geschaut. In der Nazizeit war dieser der psychoanalytische Leiter des einzigen deutschen Therapieinstituts gewesen. Der oberste Leiter war ein Bruder Görings. Schultz-Henke hatte eine Theorie der psychischen Hemmungen entwickelt. Ganz verkürzt gesagt: Kam ein neurotisierter Soldat zu ihnen, der nicht mehr in den Krieg konnte, so ging es darum, ihm seine Hemmung zum Töten wegzutherapieren. So schlicht war diese Theorie und ihre Praxis.

Nicht ein Hauch der Studentenbewegung und der Wissen-
schafts- oder Gesellschaftskritik hatte diese Theorie gestreift.
Auch die Weiterentwicklung der Freudschen Erkenntnisse zum
Beispiel durch Melanie Klein, Winnicot oder Kohut hatte ihr
kein neues Leben eingehaucht.

An dieser Theorie, ihren Deutungen und Klassifizierungen
der Störungen rieb Friedrich sich natürlich. In einem ersten
Seminar führte eine der fortschrittlichen Dozentinnen eine
Therapieszene auf Video vor.

Ein Jugendlicher stotterte, lachte irre, brach seine Sätze ab,
fuhr fahrig mit seinen Händen durch die Luft, konnte nicht still
sitzen, sprang auf, rannte hin und her. Die Teilnehmer des
Seminars sollten eine Diagnose stellen und eine Prognose für
die Therapie äußern. Es schwirrte nur so von negativen Deutungen, Projektionen und Zuschreibungen. Der Jugendliche sei
weder emotional noch intellektuell ansprechbar. Obendrein
auch noch körperlich schwer behindert. Also nicht therapier-
bar.

Diese Diagnosen und Prognosen ärgerten Friedrich. Daran
rieb er sich. Er hatte ja genug unter Projektionen und Zuschreibungen gelitten. Und er hatte nicht nur auf die körperlichen
Bewegungen und sprachlichen Äußerungen des Jugendlichen
geachtet. Er hatte wie der Jugendliche gefühlt. Er hatte die Verzweiflung in den Augen, der Gestik und Mimik des Jugendlichen gesehen. Die schrien ihm zu: Hört und versteht mich
denn keiner? Sieht denn keiner, was in mir steckt? Was aus mir
heraus will? Und er sagte, was er fühlte und dachte: „Ich halte
diesen Jugendlichen für dringend therapiebedürftig. Und ich
bin der festen Überzeugung, bei gelungener Therapie wird er
das Abitur machen und studieren.“

Da schnauften seine Kommilitonen und fielen über ihn her.
Nach dem Schlagabtausch sagte die Dozentin: „Friedrich hat

recht. Der Jugendliche hat das Abitur gemacht und studiert jetzt Psychologie in Braunschweig."

Da wusste er, dass es richtig war, diese Ausbildung zu machen. Er spürte auch, dass er es mit seinen Deutungen und Phantasien nicht leicht haben würde. Aber er bestand die Abschlussprüfung. Gründete eine eigene Praxis. Wurde Mitglied der Ärztekammer. So erfüllte er den im warmen Wasser empfangenen Auftrag der Mutter. Er war zwar nicht nach Lambarene gegangen. Aber er war ein Heilender geworden.

Er war glücklich. Aber auch hier klebte das Pech an ihm. Aus dem Institut verfolgte ihn ein Problem. Verfolgung ist hier das richtige Wort. Die Mutter eines Kindes, mit dem er in der Ausbildung arbeitete, entwickelte einen auf ihn gerichteten Liebeswahn. Die Therapie des Sohnes bei Friedrich wurde abgebrochen. Aber es war schon zu spät.

Die Frau verfolgte ihn bei Tag und bei Nacht. Nachts benutzte sie dazu seinen Anrufbeantworter in der Praxis. Der wurde auch tagsüber so voll gesprochen, dass niemand mehr eine Nachricht hinterlassen konnte. Täglich waren mehrere Liebesbriefe in seinem Briefkasten. Sie hängte benutzte Schlüpfer an seine Praxistür mit der Bemerkung: „Damit Du Dich schon mal an meinen Geruch gewöhnst." Sie verfolgte ihn unbemerkt, wenn er mit dem Rad in die Stadt fuhr. Kam er vom Einkaufen zurück, dann hatte sie ihr Fahrrad an seinem angeschlossen. Sie stand da und strahlte ihn an. Friedrich war verzweifelt und ängstlich. Nirgends fühlte er sich sicher vor ihr. Abgeklungene Verfolgungsängste flammten wieder auf. Sie hatte unbewusst ihren Wahn auf einen Anfälligen gerichtet.

Es wurde noch schlimmer. Sie hockte im Keller seines Wohnhauses. Stellte Essen vor seiner Tür ab. Einmal kam sie aus dem Fahrradabstellraum, als er Praxisschluss hatte. Er

konnte nicht wegfahren, da sie alle Bowdenzüge durchge-
schnitten hatte. Ein Hinweis, dass wahnhafte Liebe sich in
Aggressivität zu verwandeln drohte. Ulrike litt mit ihm und gab
ihm Halt.

Die Richterin, die mit dem Fall beauftragt war, sagte zu
ihm: „Wir haben keine Möglichkeit, gegen die Frau etwas zu
unternehmen. Wir können nur etwas machen, wenn sie Sie mit
Messer oder Pistole bedroht. Oder sich selbst schädigt. Ich
kann Ihnen nur empfehlen: Schließen Sie die Praxis und ziehen
in eine andere Stadt."Er zuckte zusammen. Das war ihm ja
nach der Verhaftung der Meinhof einige Male dringend emp-
fohlen worden. Damals hatte er noch keine Ahnung, was ein
Orkan Ulrike und ihm antun würde. Er wusste noch gar nicht,
was Entsetzen wirklich ist. Durch diese Attacken und Verfolgungen hatte er doch bloß schreckliche Qualen, als ob er am
Pfahl gemartert würde. Erst nach Ulrikes Tod erlebte er, dass
Leiden noch schmerzlicher sein kann. Es kam ihm vor, als
würde er wie ein lebender Hummer zum Kochen ins kalte Wasser geworfen. Dann kurz vor dem Sieden herausgenommen.
Um dann bei lebendigem Leibe gehäutet zu werden.

Friedrich hatte erst Ruhe vor ihr, als er nach dem Tod sei-
ner Frau für lange, lange Zeit in sein Cottage nach Irland floh.
Dort bekochte er sich gut. Aber versuchte auch, sich in den
Schlaf zu trinken. Doch die Schrecken der unbarmherzigen
Trauer wollten nicht weichen.

Ihm dämmerte, dass sein Leben dadurch bestimmt ist, dass
er keinen Kelch voll stehen lassen konnte. Sein Schicksal war
es, jeden Kelch bis zur Neige zu leeren. Sein Kelch war eher wie
der Schierlingsbecher des Sokrates. Aber sein Glück war: Sein
Schierlingsbecher war verdünnt. Er schmerzte heftig. Löste
tiefe Depressionen aus. Führte ihn manchmal in Versuchung,
ihn unverdünnt zu leeren.

Nach der Meinhof-Verhaftung tauchten sie unter. Nun waren sie selbst auf der Flucht. Waren die Gejagten. Sie wollten ursprünglich bei Freunden in Amsterdam wohnen. Vor allem, um nicht allein mit diesem schweren Gepäck zu sein.

Aber die Freunde lehnten ab. Begründeten das mit ihrer Angst um sich selbst. Sie mussten wohl selbst erst Klarheit gewinnen, wie sie zu Friedrichs Handlung stehen würden. Damals ahnte er auch noch nicht, dass ihm diese Haltung von nun an überall entgegenschlagen würde. Distanz. Distanz. Distanz.

Als sie Monate später nach Hannover zurückkehrten, wurden die Schläge massiv. Freunde waren plötzlich keine Freunde mehr. Als ob er die Pest hätte. Ulrike hatte es leichter. Ihr haftete ja nicht das Stigma der Verräterin an. Kollegen und Schüler freuten sich, als sie wieder da war. Er aber durfte nicht mehr an seiner Schule unterrichten, weil die Kollegen angeblich Angst vor einem Bombenattentat hatten.

Im Buch von Jutta Ditfurth ist nur die sozial engagierte Ulrike Meinhof aufgebahrt. Und nicht die an Morden beteiligte und weitere planende Ulrike Meinhof. Nicht nur bei Ditfurth. Bei der Aufarbeitung der Geschichte der RAF, ihrer Entstehung und Verbrechen werden mörderische Aktionen bagatellisiert. Sogar in ihr Gegenteil verkehrt.

Die deutsche Linke hat es versäumt, eine offene Diskussion darüber zu führen. Die Verbrechen und Morde der RAF zu verurteilen. Die deutsche Linke war mal eloquent und scharf. Wenn es darum ging, die Auswirkungen des Kapitalismus zu analysieren. Aber diese Schärfe hat sie nicht auf die RAF angewandt. Sie hat nicht in öffentlicher Diskussion herausgearbeitet, dass es sich bei der RAF weder um Linke noch um Revolutionäre handelte. Es waren durchgeknallte Desperados, mit wahnhaften Ideen.

Das deutsche Volk brachte nach der Niederschlagung der Diktatur nicht die Kraft auf, über das furchtbare Geschehen zu trauern und die Verantwortlichen zu richten. Genauso wenig brachte die deutsche Linke die Kraft auf, das Morden der RAF als menschenfeindlich und verbrecherisch zu bezeichnen. Sich davon zu distanzieren. Daher schwelt der Brand der Heldenverehrung auch in angeblich linken Herzen und Köpfen weiter.

Daher wird Friedrich wohl weiterhin als der Verräter behandelt werden. Er wird geschüttelt von Wut, wenn er daran denkt oder von Verurteilung getroffen wird. Es ist eine deutsche Geschichte. Friedrich traf auf Distanzierung, auf Ablehnung seines Verhaltens. Aber noch schlimmer war die Ausgrenzung. Dieses moralische Gemenge prasselte als Stein-, Schlamm- oder Schneelawine auf ihn nieder. In der Lehrergewerkschaft gab es Anträge, ihn auszuschließen.

Missachtung und Ausgrenzung im ehemaligen Freundeskreis und in seinen politischen Bezügen waren noch das Geringste. Wenn auch schwer zu ertragen. Aber dass er politisch nicht mehr aktiv sein konnte, die Kneipen nicht mehr aufsuchen konnte, in denen er sonst Abende verbracht hatte, wog schwerer.

Niemand redete mit ihm über die Verhaftung. Alle hatten eine Meinung zu Friedrichs Handlung. Obwohl keiner wusste, wie es dazu gekommen war. Keiner kannte die Fakten und niemand die Beweggründe. Er wurde ausgegrenzt. Und er selbst hielt Distanz zu den Menschen, Orten und Organisationen der Ausgrenzung. Denn es wirkten die alten Handlungsmuster verstärkt in ihm. Lieber trennte er sich selbst, grenzt sich aus, um nicht aushalten zu müssen, dass andere es tun.

Zum Glück war seine Ulrike vor dieser Ausgrenzung weitgehend geschützt. Aber sie beide nicht. Sie waren erst kurz zusammen. Und gleich diese schreckliche Belastung und die tödlichen Bedrohungen. Einige Jahre hat ihre Beziehung das ausgehalten.

Dann zerbrach sie als Folge dieses traumatischen, Friedrichs Identität zerstörenden Ereignisses. Zerbrach daran, dass er es mit sich selbst nicht geklärt hatte.

Er verinnerlichte das öffentliche Stigma des Verräters. So wie sich oft Geiseln mit den Geiselnehmern identifizieren.

Seine innere Zerrissenheit hatte schreckliche Folgen. Bei minimaler Kritik reagierte er mit aggressiven Ausbrüchen oder schweren depressiven Verstimmungen. Kritik nahm er nicht als Kritik an der Sache wahr. Sie schien für ihn auf den ganzen Friedrich zu zielen. Rührte an die Zuschreibungen in der Kindheit, falsch zu sein und falsch zu handeln.

Diese Ausbrüche wurden von den neuen Freunden nicht verstanden. Sie kannten ja nur den Friedrich nach der Meinhof-Verhaftung. Die meisten alten Freundschaften waren weggebrochen. Neue Freundschaften konnten sich aufgrund seiner Zerrissenheit, seiner Vorsicht und seines Misstrauens nur schwer entwickeln. Ein Teufelskreis, der erst durch mehrere Therapien und nach Jahrzehnten aufgelöst werden konnte. So wie auch vielleicht erst nach Jahrzehnten eine reinigende Auseinandersetzung mit der RAF möglich sein wird.

Doch zurück zu ihrem Untertauchen. Sie fuhren in ihr geliebtes Fischerdorf im Ebro-Delta. Unterwegs veränderte er sein Aussehen. Der Bart musste weg. Die Haare wurden ganz kurz geschnitten. Dieser äußeren Veränderung folgte die innere. Sein Humor verschwand und schlug um in Gereiztheit. Später hat er sich oft gewundert, wie Ulrike das ausgehalten hat. Sie muss ihn sehr geliebt haben.

Todesangst, Angst vor Ausgrenzung und Verurteilung wurden ständige Begleiter. Nachts wurde er oft von Träumen aus dem Schlaf gerissen. Dann lag er von Panikattacken geschüttelt im Bett. Angst, sie würden kommen und ihn umbringen. Sein entsetzliches Stöhnen weckte Ulrike. Sie nahm ihn in die Arme, hielt seinem todesängstlichen Schütteln stand und tröstete ihn. Ohne sie hätte er das nicht ausgehalten.

Vor der Verhaftung hatte er sich in seinem politischen Freundeskreis geborgen gefühlt. Dieser zerplatzte und löste sich auf wie ein gasgefüllter Luftballon, an den ein brennendes Streichholz gehalten wird. Im linken Milieu war er zu Hause gewesen. Er hatte sich an den linken Diskussionen gefreut und regen Anteil daran genommen.

Und plötzlich, gab es nur karge, vertrocknete Steppe um ihn. Soziale Dunkelheit und Stille umgaben ihn. Friedrich scheiterte an zwei Doktorarbeiten. Es gab nicht mehr viele Wege, die er einschlagen konnte. Straßen, auf denen er lustvoll, lernend und lehrend gewandert war, wurden zu verminten Sperrgebieten.

Seine linke Heimat war ihm bis auf kleinste Inseln verwehrt. Die Glockseeschule in Hannover war eine dieser Inseln. Er war an ihrer Gründung beteiligt gewesen. Dort wurde er jedoch auch von einigen nicht mehr gegrüßt. Eine publizistische Insel hatte er bei der linken Zeitschrift päd-extra als Außenredakteur. Doch als seine erste längere Reportage über Kinderläden erschien, brach es wieder über ihn herein. Vehement wurde von Lesern in einer bundesweiten Aktion gefordert, den Verräter zu entlassen. Andernfalls würden sie ihr Abonnement kündigen. Am Wohnort Hannover wurde gegen ihn mit Flugblättern gehetzt. Niemand trat für ihn ein.

Allerdings konnten sich diese Verbohrten nicht durchsetzen. Aber Friedrichs Verletzungen konnten nicht heilen. Und dann auch noch kurze Zeit später das drohende Berufsverbot. Wegen angeblicher Verherrlichung des Terrorismus.

Da er so isoliert war, kaufte er sich Vögel. Erst nur einen Kanarienvogel. Dann kam ein Weibchen dazu. Nach kurzem war ein Nest voller junger Kanaren da. Eine große Volière baute er in den Glaserker der Dachgeschoßwohnung. Nach und nach versammelten sich in ihr: venezolanischer Kapuzenzeisig, Distelfink, Bluthänfling, Buchfink, Dompfaff. Kreuzungen aus Distelfink-Hähnen und Kanaren-Hennen, aus Bluthänfling-Hähnen und Kanaren-Hennen. Diese Kreuzungen behalten den Wildvogelgesang und singen zusätzlich Gesangsfolgen der Kanaren. Manchmal konnte man sein eigenes Wort vor lauter Gezwitscher nicht verstehen. Heute weiß Friedrich, er sperrte symbolisch ein, weil er selbst eingesperrt war.

Er konnte nicht mehr auf Demonstrationen gehen. So ging er zu Vogelausstellungen. In eine entpolitisierte Welt. Da kannte niemand seine Geschichte. Ebenso wenig beim Angeln. Die große Dachterrasse der Wohnung bepflanzte er mit Waldbäumen und tragenden Weinstöcken.

Eine neue Identität musste er entwickeln. Dieses Ringen dauerte Jahrzehnte. Das Aushalten von Todesängsten, Ausgrenzung, Morddrohungen, Missachtung und Stigmatisierung brachte ihm aber auch Kraft. Ohne diese Kraft hätte er den Orkan-Tod seiner Ulrike nicht überlebt. Diese Kraft war ja schon vom Uterus an in ihm. Sie wuchs sich dadurch nur aus. So wie die Worte von Alexander Kluge und Oskar Negt, die erst im konservierenden Unbewussten versunken waren, und dann doch zum Entwickeln seiner inneren Stärke beitrugen.

Achtundsechzig ist er trotz allem geworden. Dabei den Idealen, Vorstellungen und Wünschen von 68 treu geblieben.

Neben all der Ablehnung selbst von vermeintlichen Freunden, mit der er nach der Meinhof-Verhaftung auch noch Jahre später konfrontiert wurde, gab es auch andere Reaktionen. Der Boule-Freund Pullover-Kalle kam eines Tages im Jahr 2008 (!) auf ihn zu. Er sagte: „Ich muss Dir die Hand drücken." Auf Friedrichs fragenden Blick sagte Pullover Kalle: „Ich habe in der Boule-Szene immer mal wieder was über Dich tuscheln gehört. Nun wollte ich es genau wissen und habe im Internet über Dich nachgesehen. Da stieg meine Achtung vor Dir. Denn durch Dein Handeln hast Du doch bestimmt Menschen das Leben gerettet. Die hatten doch Waffen und eine Bombe dabei. Meine Hochachtung, Friedrich."

Das war das erste Mal, dass ihm jemand für sein damaliges Handeln anerkennend die Hand drückte. Das erste und einzige Mal in über sechsunddreißig Jahren. Bei dem Gedanken zischten andere Fragen in ihm auf: Wie kommt es, dass der Bürgerschreck und Straßenkämpfer, trotzdem ein in der Welt geachteter Minister geworden ist? Horst Mahler und Rainer Röhl sich aber in Rechtsradikale verwandelt haben? Der ehemalige RAF-Verteidiger und Grüne Otto Schily ein ordnungsfanatischer Innenminister wurde? Oder der Freiheitskämpfer Mugabe zum furchtbaren Diktator und Mörder mutierte? Ebenso wie Cromwell, Robespierre, Napoleon, Stalin, Mao, Fidel und auch Che Guevara. Alle haben ihre Ideale verraten. Dann ins Gegenteil verkehrt, als sie an der Macht waren.

Guevaras berühmtes Foto tragen heute viele auf T-Shirts. Er war ein Revolutionär gewesen. Und wurde ein Schlächter. Wie jener vietnamesische General, dessen Bild um die Welt ging. Er setzte einem angeblichen Vietcong gleich auf der Straße die Pistole an den Kopf und schoss. Auch Guevara hat Gegnern die Pistole an den Kopf gesetzt und geschossen. Das tat er sogar mit zu Feinden erklärten ehemaligen Mitkämpfern. Zusammen mit Raoul Castro wüteten sie so furchtbar, dass Fidel ihnen Einhalt gebot.

Das berühmte Foto von Che Guevara hing als Poster früher auch in Friedrichs Wohnung. Aber er hat zu sehen gelernt.

Wie kommt es zu solchen Veränderungen? Es wird erklärt mit dem Calligula-Effekt. Calligula, ein gewählter, römischer Kaiser entwickelte sich zum Despoten. Die Erklärung lautet: Wenn jemand Macht hat, dann entwickelt sich in ihm das Bedürfnis, diese Macht um jeden Preis zu erhalten und zu sichern. Also, über Leichen zu gehen. Friedrich fragt sich: Muss das zwangsläufig so sein?

Aus Mandela hat seine Machtfülle keinen Diktator gemacht. Ihn hat seine jahrzehntelange Haft eher vor solchen Anwandlungen gefeit. Während seine Frau in Freiheit den demokratischen Weg verlassen hat. Auch Gandhi erlag nicht den Versuchungen der Macht.

Adorno und Horkheimer haben in ihrer Studie über den autoritären Charakter Erklärungen versucht zu finden. Sie blieben aber ebenso wie Ortega y Gasset und Wilhelm Reich in der Analyse von Massenphänomenen gefangen. Wichtige Analysen und Erklärungen. Aber sie tragen nicht zum Verständnis bei, wie und warum der Einzelne sich radikal verändert. Sie erklären nicht, wie ein ruhiger Mensch plötzlich zu einem terroristischen Selbstmord-Kandidaten wird. Auch die den islamistischen Terroristen versprochene Aussicht auf das Paradies voller Jungfrauen erklärt diese Veränderung nicht gültig.

Wie kommt es zu solchen Veränderungen? Um mit Horst Eberhard Richter, dem furchtlosen, politisch und sozial engagiertem Psychoanalytiker zu fragen: „Flüchten oder standhalten?"

Warum flieht jemand in die falsche Richtung, verändert sich radikal und wird vom verehrten Freiheitshelden zum gefürchteten und gehassten Diktator? Und warum hält jemand stand? Hält an sich fest wie Gandhi.

Friedrich weiß auch keine Antwort auf diese Fragen. In ihm nagt ja die Frage, wie er so geworden ist, wie er ist.

Der Tronjer heißt natürlich anders. Aber er soll hier nach dem heimtückischen und hinterhältigen Nibelungen Kämpfer Tronje so genannt werden. Sie haben den gleichen Charakter. Der Tronjer war mal ein Freund Friedrichs. Doch von einem Tag zum anderen grüßte er Friedrich nicht mehr. Weil Friedrich ihn aber weiterhin nickend grüßte, revanchierte er sich nach Jahren auf seine Art.

Die Süddeutsche Zeitung brachte im April 2006 auf „Seite Drei" einen informativen und einfühlsamen Bericht über Friedrich. Darin wurde das erste Mal öffentlich geschildert, wie es zu der Verhaftung der Meinhof kam. Und es wurde über die verheerenden Folgen für Friedrich berichtet.

An einem lauen Abend einige Tage später saß Friedrich bei seinem Italiener. Der Tronjer kam auf dem Fahrrad vorbei. Sah ihn. Stutzte einen Moment. Dann hielt er an und kam zum Tisch. Friedrich ahnte, was er wollte. Zunächst erzählten sie sich von ihren letzten Jahren.

Dann hub der Tronjer an: Was Friedrich denn in der Süddeutschen für einen Schwachsinn erzählt hätte. Er habe doch gewusst, dass die Meinhof kommen würde. Er hätte ihr doch zugesagt, dass sie bei ihm wohnen könne. Und sei dann doch zur Polizei gegangen.

Er hätte statt dessen der Journalistin sagen müssen, dass Bush ein Terrorist ist. Und nicht die Meinhof. Dann kam ein Satz, der Friedrich ins Innerste traf: „Und infam ist es, dass Du jetzt, wo Ulrike tot ist, sie benutzt. Und sagst, sie habe Dich gezwungen, zur Polizei zu gehen."

Der Tronjer sprachs und ging. Friedrich blieb mit seiner Verblüffung und Wut allein. Für Wahrheit scheint immer noch kein Raum in den Köpfen von Verwirrten zu sein.

Mario Calabresi hat in seinem Buch „Der blaue Cinquecento" über die Erfahrungen und Gefühle der Opfer der Roten Brigaden in Italien geschrieben. Sein Vater war von ihnen ermordet worden. In dem Buch liest Friedrich einen Satz, der sein Herz zum Zittern bringt. Er hatte ihn auch oft gedacht. Eine zwanzigjährige Italienerin, deren Vater vor ihrer Geburt von den Roten Brigaden ermordet wurde, sagte zu Mario Calabresi: „Ich bin allein und voller Wut darüber, was mir alles genommen und was mir alles verwehrt geblieben ist."

Lange war er verletzbar durch Leute wie den Tronjer. Doch später hob sich der Schleier von Gefühlen und Verstand. Er erinnerte sich, dass er sich ja selbst als Verräter gefühlt hat. Er identifizierte sich mit den Aggressoren, wie die Geisel mit dem Geiselnehmer. Aber die Tronjers projizierten eigene, nicht bewusste Gefühle auf ihn. Hefteten ihm das Stigma Verräter an. Sie benutzen ihn, um nicht nachdenken und in sich forschen zu müssen.

Sie waren und sind von bewussten und unbewussten inneren Widersprüchen geplagt. Die Tronjers lehnten die Taten der RAF ab. Aber fanden sie klammheimlich auch richtig. Sie wären gern auch so mutig. Trauen sich aber nicht. Sie wünschten sich, dass bei ihnen um Unterschlupf gebeten würde. Haben aber Angst, es würde tatsächlich geschehen. Kurz, sie waren mutig und feige zugleich. Sie waren unfähig, eine Entscheidung zu treffen.

So einen bewussten oder unbewussten Konflikt kann man lösen, indem man nicht öffnet, falls es nachts klingelt. Das allerdings wäre ganz einfach. Oder, indem man sich einem Komitee gegen die angebliche Isolationsfolter anschließt. Oder, indem man diesen unbewussten Konflikt nach Außen verlagert. Auf eine andere Person, die entschieden hat. Projektion nennt man das. Da sie sich nicht trauten, sich als Verräter an den eigenen, widersprüchlichen Idealen zu fühlen, bot sich Friedrich für die Lösung dieses inneren Konfliktes an. So bildet sich ein Kompromiss heraus. Genau wie Kompromisse in der Politik, hat das auch im persönlichen Handeln oft schreckliche Folgen.

Er befindet sich im letzten Drittel des Lebens. Ringt um Klarheit. Klarheit darüber, was in seinem Leben mit ihm, um ihn und in ihm geschah. Insbesondere nach der Verhaftung Ulrike Meinhofs. Ächtung, Verbannung, Verlust des Selbstwertgefühls und Rückzug ins Innere machten ihn zu einem Caspar Hauser. Er wusste nicht mehr, wer er war. Verstand nicht, was ihm passierte. Er hatte keine Vorstellung, was aus ihm werden würde. Es kam ihm so vor, als sei er wieder im warmen Wasser. Gefangen und dem Geriesel der Worte ausgeliefert.

Aber er flüchtete und hielt stand. Er flüchtete in die Melancholie. So hätte Freud das noch genannt. Heute versteht man das als Depression. Er hielt stand durch seine Trauer. Zwischen Trauer und Depression besteht ein großer Unterschied. Bei Trauer ist die Außenwelt ärmer geworden. Das kann der Tod eines geliebten Menschen sein. Das kann die Vertreibung aus der Heimat sein. Das kann, wie bei ihm, die dramatische Veränderung seiner Außenwelt sein. Er trauerte, weil er plötzlich nicht mehr der war, der er bis dahin war. In jeden Fall löst die traumatische Veränderung der persönlichen Welt Trauer aus.

Eine Depression wird ausgelöst, weil die Innenwelt des Betroffenen ärmer geworden ist. Ein Ich-Ideal, also eine erwünschte oder eingebildete Vorstellung von sich, ist wie eine Seifenblase zerplatzt. So haben Flüchtlinge nach dem Dritten Reich beides verloren: Ihre Heimat, was zur Trauer führte. Und das Ich-Ideal, zur Herrenrasse zu gehören, was zur Depression führte. Auch er hatte beides verloren. Seine Außenwelt und sein inneres Bild von sich hatten sich traumatisch verändert.

Trauer und Depression haben sehr unterschiedliche Wirkungen auf die Person. Daher sind Art und Weise ihrer Bearbeitung sehr verschieden. Bearbeitung meint hier die Lösung ihrer Wirkungen. Die Bearbeitung der Trauer verlangt danach, sich der Realität zu stellen. Also standhalten. Es ging bei ihm darum, sich der veränderten Realität zu stellen. Ablehnung, Verurteilung, Morddrohungen und den Verlust politischer Aktivität auszuhalten.

Die Auflösung der Depression ist schwieriger. Denn sie erfordert die Einsicht: „Du bist nicht der, der Du zu sein wünscht. Oder der Du sein sollst." Er handelte oft entsprechend der Delegation, des Auftrages der Mutter. Viele haben so einen Auftrag, der ihnen nicht bewusst ist. Dieses Nichtbewusstsein macht die Bearbeitung und Lösung der Depression so schwierig. Denn Verdrängtes muss einen Weg ins Bewusstsein finden. Sperrt sich aber mit allen Tricks dagegen.

Die Bearbeitung der Trauer geschieht durch die veränderte Realität. Es gilt zu akzeptieren, dass die Realität sich verändert hat. Dass die Heimat für immer verloren ist. Oder das sich darauf Einstellen, dass der geliebte Mensch gestorben ist. Die Trauer um diese Veränderung ist eine normale Reaktion. Sie bedarf keiner therapeutischen Hilfe. Im Gegensatz zur Bearbeitung der Depression. Oft ist sie von zermürbenden Schuld-

und Schamgefühlen begleitet. Sie kann sich in Essstörungen, Niedergeschlagenheit, Schlaflosigkeit, Arbeitsunfähigkeit und Antriebsschwäche zeigen. Sie kann nicht ohne therapeutische Hilfe gelöst werden.

Nach der Meinhof-Verhaftung waren Trauer und Depression miteinander verwachsen. Doch sie mussten getrennt werden, wollte er zu sich finden. Zunächst konnte er Trauer und Depression in sich nicht auseinander halten. Aber er lernte, dass er nicht mehr politisch, gewerkschaftlich und öffentlich arbeiten konnte. Das war für ihn sehr schwer zu akzeptieren gewesen. Aber er hat es geschafft. Indem er sich der Realität stellte. Und in der alternativen, repressionsarmen Glockseeschule mitarbeitete. Erst als er so der Außenwelt standhielt, entfaltete die Depression ihre ganze Kraft. Sie war getrennt von der Trauer.

Trauer und Depression entwickelten sich wie getrennte siamesische Zwillinge gemäß ihren Fähigkeiten. Seine Innenwelt füllte sich mit schwerem Schwarz. Selbstmordgedanken peinigten ihn. Er musste sich der Bearbeitung der Depression stellen.

Und begann seine erste Therapie. Die Arbeit an der Verarmung seines Selbstwertgefühls hat viele Jahre gedauert. Er quälte sich durch lange Therapien, um Verdrängtes bewusst zu machen. So tauchten die Erwartungen der Mutter während seiner Zeit im Uterus und danach aus dem Dunkel des Unbewussten auf. Und sehr wichtig war die Entdeckung über das falsch gesprochene Gebet.

Viele Prüfungen gab es in seinem Leben. Er hatte sich im Alter von fünfundzwanzig um Zulassung zur externen Hochschulreifeprüfung beworben. Und war doch tatsächlich zugelassen worden. Er hatte mit einer Ablehnung gerechnet. Nun war er froh. Aber auch sehr aufgeregt. Vor allem voller Zweifel, ob er die Prüfung bestehen und das Studium schaffen würde. Zu tief hatten sich die schulischen Erfahrungen in ihm wie eine Zecke festgekrallt und an seinem Selbstwertgefühl voll gesogen.

Er war als Kind am Gymnasium in der siebten Klasse zweimal sitzen geblieben. Deshalb musste er die Schule verlassen. Er gehörte Anfang der fünfziger Jahre zur ersten Generation von Bauernkindern, die auf ein humanistisches Gymnasium gingen.

Diese Kinder hatten es aus zwei Gründen besonders schwer. Ihre Eltern konnten ihnen nicht helfen. Und die Lehrer waren voller Vorurteile. Obendrein waren viele Lehrer zutiefst in ihrem Selbstwertgefühl gestört. Sie hatten doch an den Lippen des Führers gehangen. Sich als besonders wertvoll und überlegen gefühlt.

Sie waren als psychische und körperliche Krüppel aus dem Wahnsinn des Krieges zurückgekehrt. Mussten ihre schrecklichen Erlebnisse und furchtbaren Enttäuschungen vergessen und verdrängen, um überhaupt weiterleben zu können. So stürzten sie sich mit all ihrer Wut, Verbitterung und Enttäuschung auf die Schüler. Wer Führer braucht, in dessen Selbstwertgefühl müssen sich große Löcher befinden, die von diesen Verführern mit falschen Versprechungen gefüllt werden. Diese verführte und zerstörte Generation konnte ihren Kindern und den Schülern kein stabiles Selbstwertgefühl vermitteln.

Daher pilgerten die Kinder dieser Generation bis Indien. Hingen dort an den Lippen eines anderen Verführers. Auch dessen Lippen zischelten ihnen wie die Schlange im Paradies zu: „Ihr seid etwas Besonderes." Obwohl diese Kinder anders sein wollten als ihre Eltern, wiederholten sie deren Schicksal. Gaben sich gedankenlos und beglückt dieser Verheißung hin.

Sie hatten nichts von der Befreiung aus dem Paradies gelernt. Für ihn symbolisiert der Apfelbiss die Befreiung aus dumpfer Naivität und abhängig machender Gläubigkeit. Für Friedrich ist der Biss das Sinnbild für das Erwachen der Erkenntnis, das Aufleuchten des Geistes und der Freiheit des Willens. Gerade nicht Sinnbild des Sündenfalls, wie es von den christlichen Kirchen gepredigt wird. Wie Verlassene stürzen sich Menschen auf die Lehre der Kirchen und saugen sich mit dem Sündenfall und dem damit einhergehendem Schuldgefühl voll. So meinen sie, die Löcher in ihrem Selbstwertgefühl stopfen zu können.

In Friedrich hat es diese Löcher nicht gegeben. Sein Selbstwertgefühl wurde durch einen tiefen Riss gespalten. Aber nicht bis auf den Grund. So wie der Gran Canyon durch strömend tosendes Wasser ausgewaschen wurde, so tosten die negativen Erfahrungen und Zuschreibungen durch sein Selbstwertgefühl. Oft wurde es überschwemmt. Trommelklang und Worte bildeten dann in dem Canyon seines gespaltenen Selbstwertgefühls Inseln. Manche Inseln waren aus Sand. Gaben nur vorläufigen Halt. Andere aus Geröll. Die wurden häufig weggespült durch das Tosen des Lebens. Und wieder andere Inseln waren wie riesige Felsbrocken. Auf denen fand er Halt, wenn Ideologien oder Religionen ihn mitreißen wollten. Durch seine Schwimmkünste konnte er sich wieder an ein Ufer retten.

Nie glaubte er blindlings. Nie schluckte er mit aufgerissenem Schnabel. Aber immer fiepte es in ihm nach Nahrung der Erkenntnis.

Das Fiepen brachte ihn auch dazu, sich um die Prüfung zur Hochschulreife zu bewerben. Er besaß noch nicht einmal den Volksschulabschluss. Trotz des großen Lehrstellenmangels 1954 hatte er eine Lehrstelle in einem Tabakwarengroßhandel bekommen. Der Vater hatte sich einmal für ihn auf die Socken gemacht und bei seinem Zigarettenlieferanten diese Lehrstelle besorgt.

Dieser Großhandel war in der Stadt, in der auch das Gymnasium war. Oft musste er im grauen Kittel Ware ausfahren. Mit einem Geschäftsrad, das vorn einen großen Gepäckträger hatte. An einem befestigten Schild stand: „Wilka Zigarren stets Qualität." Wenn er wusste, dass seine ehemaligen Mitschüler Schulschluss hatten, fuhr er große Umwege.

Sich zu schämen ist viel schrecklicher für das Selbstwertgefühl als sich schuldig zu fühlen. Schuldhaftes Handeln kann bestraft oder wieder gutgemacht werden. Schamgefühle treffen und verletzen die Vorstellung vom ICH. Ich schäme mich, weil ich nicht so bin, wie ich sein will oder soll. Schamgefühle können nur durch Arbeit an diesem Ich-Ideal geändert werden. Die Schamgefühle raunen: „So möchte ich nicht mehr sein." Die Schuldgefühle dagegen flüstern: „So möchte ich nicht mehr Handeln."

In ganz perfider Weise vermengen sich Scham und Schuld bei der Benennung der weiblichen Geschlechtsteile. Die Vulva wird ja auch die Scham genannt. Und es wird von Schamlippen geredet. Die Frau soll sich also schämen, dass sie so ist, wie sie ist. Und Schuldgefühle haben, wenn sie dem Verlangen dieser Körperregionen nachgibt.

Freud hat dem Ganzen noch die männliche Krone aufgesetzt. Er hat den Frauen Penisneid unterstellt. Dieser Gockel hat übersehen, dass Männer unbewusst unter Gebärmutterneid leiden. Daher wohl laufen soviel Männer schaukelnden Schrittes mit ihren dicken Bäuchen durchs Leben. Wie schwangere Frauen in den letzten Monaten der Schwangerschaft. So scheinen sie zu kaschieren, wie gering ihr Beitrag zum Werden eines Menschen ist.

Als er einem Bekannten gegenüber mal auf den kleinen Beitrag der Männer hinwies, sagte der voller Empörung: „Aber wir machen sie."

Friedrich bestand die Hochschulreifeprüfung. Das konnte er vor Verwunderung kaum fassen. Freude und Stolz erfüllten ihn. Er kündigte bei der Mineralölgesellschaft. Da sollte er zum Direktor kommen. Der versuchte, ihm die Kündigung auszureden und malte ihm eine Managerlaufbahn aus. Friedrich hörte seinen schmeichelnden Sirenengesang. Den Verlockungen folgte er nicht. Obwohl er keine Ahnung hatte, wie er sein Studium finanzieren würde.

Er studierte von 1965 bis 1968. Sein Leben wurde nicht nur von Scham, Schuld oder den gesellschaftlichen Verhältnissen beeinflusst. Manchmal war einfach Glück mit im Lebensspiel. Man kann es auch Zufall nennen. Schicksal oder schlicht Unaufmerksamkeit. Friedrich holte sein Zeugnis nach dem Studium ab. Frau Schäfer, die Sekretärin im Senatsbüro, blätterte noch einmal seine Akte durch. Plötzlich stutze sie und sagte: „Sie haben ja gar nicht den Volksschulabschluss. Wir hätten Sie gar nicht zur Reifeprüfung zulassen dürfen. Unterschreiben Sie schnell und nehmen Sie Ihr Zeugnis, ehe das noch jemand merkt." Friedrich ging. Kam aber zurück und brachte ihr einen großen Blumenstrauß.

Wenn er an dieses Studium denkt, dann muss er lächeln. Er studierte an einer Katholischen Hochschule. Wie Milch dem schwarzen Espresso die hellbraune Farbe gibt, so färbte dort die Theologie die Wissenschaften. Als ein Hauptfach studierte er Geographie. Zu jedem Semesterbeginn stellte der Professor den neuen Studenten die Frage: „Warum studieren wir Geographie?" Die Zusammenfassung der Antworten lautete: „Gott hat uns den Auftrag gegeben, uns die Erde untertan zu machen. Um das wirklich zu können, müssen wir sie gut kennen." Der Professor nickte dann.

Erst im vierten Semester traute Friedrich sich, seine Gedanken dazu im Seminar zu äußern. Nachdem er gemerkt hatte, dass Abiturienten auch nur mit Wasser kochen. Er sagte: „Ich halte diese Aussage für eine theologische und keine wissenschaftliche." Zischen, Empörung und Erstarrung auf Seiten der Kommilitonen. Er präzisierte: „Diese Frage wurde an einer katholischen Hochschule gestellt. Daher diese Antwort. Würde sie zum Beispiel an einer buddhistischen Hochschule gestellt, würde die Antwort ganz anders ausfallen." Und wieder nickte der Professor. Aber diesmal für Friedrich.

Ja, sie kochten nur mit Wasser. Wie fade und abgestanden es war, merkte er damals noch nicht. Zu sehr war er vom humanistischen Bildungsideal in die Knie gezwungen. Kein Wunder, denn sogar Karl Marx hatte die über die katholische Kirche an sein Gymnasium gekommenen Bauernkinder als Bauernlümmel bezeichnet.

Ähnlich wie in Tropfsteinhöhlen bildeten sich in Friedrich die von oben herab wachsenden und von unten aufrichtenden Kalkgebilde. An denen konnte er sich in schwierigen Situationen abseilen oder hochklettern. Einige Bildungsversuche von ihm waren gescheitert. Er hatte eine Kaufmännische Berufsschule besucht, um den Realschulabschluss zu machen. In Wien hatte er an einem Abendgymnasium versucht, das Abitur zu schaffen. In Hannover gelang es ihm auch nicht, an der Leibnitz-Akademie für Wirtschaftskunde einen Abschluss zu erreichen. In Barcelona schaffte er es nicht, in einem Dolmetscher-Studium ein Zertifikat zu bekommen.

Aus unterschiedlichen Gründen brachen diese Versuche zusammen. Aber diese Brüche lagerten Wissen und Erfahrungen in seinem Geist und seiner Psyche ab.

Nach Abschluss seiner Lehre wurde er Handelsreisender. Fuhr von Dorf zu Dorf, Kneipe zu Kneipe, von Kolonialwarenladen zu Kiosken, um Tabakwaren zu verkaufen. Lernte die verschiedensten Menschen kennen. War bei der Bundeswehr. Das erste Wegsein von Dorf und Familie. Aber er geriet in einen Sumpf von Borniertheit und Kadavergehorsam. Und schon rebellierte es unbewusst in Friedrich. Es rebellierte so in ihm, dass er zu vierzehntägiger Ausgangsperre verurteilt wurde. Wegen Anstiftung zur Meuterei, Verlassen des Standortbereiches während der Bereitschaft, Belügen des Wach- und Kompanievorgesetzten.

Die sich hier so dröhnend anhörenden Delikte waren Bagatellen. Heute würde man bei der Bundeswehr darüber lachen. Aber hätte Friedrich in seinem Zugführer nicht einen Fürsprecher gehabt, wäre er vom Kompaniechef vors Gericht gezerrt worden. Das war 1957. Die Richter waren noch für Zucht und Ordnung. Er wäre vorbestraft gewesen und hätte sich nicht um die Zulassung zur Hochschulreifeprüfung bewerben können. Heute aber kann ein Mann, der Schuld am Tod einer Frau hat, Ministerpräsident bleiben und sich erneut bewerben.

Und dann trieb es ihn aus der dörflichen und familiären Enge noch weiter weg. Nach Spanien. Um vor den Zuschreibungen und Projektionen zu fliehen. Dort arbeitete er als Reiseleiter.

Zum Dolmetscherstudium in Barcelona wurde er zugelassen, weil die Universität mehr an den Studiengebühren als an der Vorbildung interessiert war. Glück. Sein Studium in Barcelona verdiente er sich als Kinderbetreuer. In Glasgow arbeitete er als Wagenwäscher, Gebäudereiniger und Tankwart. In Wien war er Fahrer in einem Weingroßhandel. Bei einer Mineralölgesellschaft in Hannover entwickelte und organisierte er Werbekampagnen für Tankstellen.

F riedrich lernte aus Neugier. Immer und bei allem wollte er hinter die Kulissen schauen. Am liebsten die Bühnenbilder selbst entwerfen und die Kulissen schieben. Dieses Handeln wurde unterstützt durch seinen unbewussten Hang zur Rebellion.

Sein Schützenverein gewann den von Ernst August von Hannover gespendeten Pokal. Seine königliche Hoheit Ernst August erschien an einem Sonntagvormittag zur Überreichung des Pokals im Schützenzelt. Die Mitglieder des Vereins waren in Uniform in Reih und Glied aufgestellt. Beim Vorbeischreiten sollten sie sich vor seiner königlichen Hoheit verneigen. Als Einziger krümmte Friedrich seinen Rücken nicht. Wegen vereinsschädigenden Handelns wurde er aus dem Schützenverein ausgeschlossen. So wie er im Dorf verächtlich angesehen wurde, als er während seiner Zeit bei der Bundeswehr in Uniform bei der Ehrung am Kriegerdenkmal nicht die Hand an die Mütze legte, sondern die Mütze abnahm. Er konnte und wollte die sogenannten Helden nicht ehren. Dachte, welch sinnlosen Tod diese vielen Männer erlitten hatten.

In der Gastwirtschaft seiner Eltern saßen während des Krieges manchmal die noch vorhandenen Männer und waren traurig. Denn einer ihrer Freunde war gefallen im Feld. Auf Friedrich hatte dieser Ausdruck eine schreckliche Wirkung – da war ein Erwachsener auf dem Feld gefallen. Und Männer waren traurig. Auf dem Feld ist es doch weich, dachte er. Da kann man sich nicht stark verletzen. Friedrich konnte das gar nicht richtig einordnen. Denn nie war jemand traurig, wenn *er* gefallen war. Dabei blutete er. In ihm setzte sich das Gefühl fest: Keiner beachtet meine Wunden. Und zweifelte daran, geliebt zu werden.

Während des Studiums haben Friedrich zwei Ereignisse an seiner Hochschule sehr beeinflusst. Mehr als die meisten Vorlesungen. Peter Handkes „Publikumsbeschimpfung" wurde an der Katholischen Pädagogischen Hochschule von der Evangelischen Studentengemeinde aufgeführt. Die Aula war voll. Schon vor Beginn knisterte es im Publikum. Als Erste verließen einige Professoren schimpfend den Saal. Dann folgten ihnen die gläubigen Studenten. Hier ist nicht allein der religiöse Glaube gemeint. Sondern auch der autoritäre.

Damals brodelte es an allen großen Universitäten. Der Kampf gegen den Muff von tausend Jahren hatte begonnen. Sit-ins, Teach-ins, Besetzungen konservativer Rektorate oder Störungen konservativer Vorlesungen waren Mittel kritischer Studenten. Man unterstützte die Argumente auch durch Werfen von Tomaten und Eiern. Besonders bei lernunwilligen Professoren. Aber auch beim SDS. Mancher arrogante Macho auf dem Podium wurde von Frauen mit Eiern und Tomaten beworfen.

Nur in dem verschlafenen Kleinstädtchen Alfeld an der Leine gab es diese Studentenunruhen nicht. Die Hochschule dümpelte noch träumend vor sich hin. Deshalb hatte die Evangelische Studentengemeinde, in der Friedrich aktiv war, eine Podiumsdiskussion organisiert.

Es sollte eine klärende Diskussion über Gründe, Notwendigkeit und Ziele der Studentenunruhen werden. Neben einem Studentenvertreter saßen zwei Professoren auf dem Podium. Ein liberaler Professor der Soziologie. Der tauchte auch schon mal in der Kneipe auf und spielte Doppelkopf mit Studenten. Der andere war ein konservativer Professor der Politologie.

Sehr schnell gerieten die beiden aneinander. Nach einer kritischen Analyse der gesellschaftlichen und universitären Zustände durch den Soziologen ereiferte sich der Politologe. Er lobte die BRD und die universitären Zustände über den grünen Klee. Und schnaufte zornbebend zum Schluss: An dem Werfen von Tomaten und Eiern ist doch zu erkennen, dass die Studenten keine berechtigten Argumente haben.

Da konterte der Soziologe, genüsslich an seiner Pfeife ziehend, ganz trocken: „Herr Kollege, wollen wir hier wissenschaftlich diskutieren? Oder wollen wir uns über die Eröffnung eines Gemüseladens unterhalten?" Befreiendes Gelächter und tosender Applaus der Zuhörer. Wutentbrannt stob der Politologe davon.

Über die Argumentation des Politologen brauchte man sich nicht zu wundern. Er war früher Redenschreiber für Lübke gewesen. Zum Glück haben seine Reden Lübke nicht an seinen wunderbaren Versprechern und unabsichtlich komischen Äußerungen gehindert. Manche Lachsalven hätte es nicht gegeben.

D u musst wieder nach Berlin," sagte sein Bruder Claus zu Friedrich auf einer Familienfeier. Und fuhr fort: „Man hat wieder auf einen Studenten geschossen." Friedrich hörte Genugtuung, Spott und Kritik heraus. Kurz zuvor war er zur großen Demonstration nach der Ermordung von Benno Ohnesorg nach Berlin gefahren.

Durch Claus erfuhr er so, dass auf Rudi Dutschke ein Attentat verübt worden war. Schon die tödlichen Schüsse auf Benno Ohnesorg hatten die Republik verändert. Und auch Friedrich. Die Schüsse auf Benno Ohnesorg bewirkten mit explosiver Kraft eine intellektuelle und emotionale Revolution in ihm. Weit stärker als das erste Betreten der Hochschule als eingeschriebener Student. Ein Schauer durchlief ihn damals. Er hatte das Gefühl, er sei endlich angekommen.

Doch das war nur eine Teilstrecke des Ankommens. Die Schüsse auf Ohnesorg waren der Auslöser für einen radikal veränderten Blick auf sich selbst und die Welt. Zu Beginn des Studiums war er Anthroposoph gewesen. Davor hatte er zu einer Jesus-Sekte gehört. Mit der reiste er durch die Lande. Verkündete in Erweckungsveranstaltungen, wie er zu Jesus gekommen war. Wie sehr ihm Jesus geholfen habe. Betend verbrachte er jeden Tag Stunden im Gespräch mit Jesus und Gott. Das half dem schüchternen, in seinem Selbstbewusstsein schwer gestörten Bauernjungen, weitere Inseln in seinem Canyon zu bilden.

Durch die Schüsse auf Benno Ohnesorg wurde er von dem von ihm verehrten Rudolf Steiner an Karl Marx weiter gereicht.

Durch Steiners Philosophie der Freiheit hatte er gelernt, sich und seine Innenwelt besser zu verstehen. Sie zu verändern. Bekam Verständnis für eine andere schulische Arbeit mit Kindern. Sein Interesse an einer anderen Architektur, Medizin und Landwirtschaft wurden gefördert. Durch diese Auseinandersetzung mit Rudolf Steiner lernte er auch, die Architektur Antoni Gaudís endlich zu verstehen.

Ohne diese Auseinandersetzung hätte er sicher keinen Zugang zur Homöopathischen Medizin gefunden. Wäre er wahrscheinlich auch nicht analytischer Kinder- und Jugendlichen-Therapeut geworden.

Aber der esoterische Teil der Anthroposophie, der ihn zunächst fasziniert hatte, bekam einen tiefen Riss, als er in den Kreis der Eingeweihten aufgenommen werden sollte. Deren elitäres Bewusstsein und Handeln stießen ihn ab. Schon immer war er ausgeprägt kritisch. Aber trotzdem anfällig für autoritäre Strukturen. Er ist dankbar für seine späte Geburt. Denn er weiß nicht, wie er sich zum Nationalsozialismus verhalten hätte.

Marx hat ihm dann geholfen, die Gesellschaften und ihre Strukturen besser zu verstehen. Er begann wie ein Wilder zu lesen. Vor allem Sartre und Camus.

Durch die Emanzipationsbewegung der Frauen näherte er sich auch Simone de Beauvoir. Und einer bis dahin unbekannten Welt der Frauen. Nun verschlang er Frauenliteratur. Sie veränderten seinen Blick. Sein Verständnis und seinen Umgang mit Frauen. Er begann auch seine männliche Sexualität und das entsprechende Handeln vom chauvinistischen Ballast zu befreien. Jedenfalls soweit das überhaupt möglich ist. Das alles wurde durch die Schüsse auf Benno ausgelöst. Nie wurden sie geahndet. Dem Schützen Rudi Dutschkes genehmigte man geistige Verwirrung. Der Polizist Kurras, der Benno getötet hat, kam milde davon.

Die hetzende Springer-Presse sollte nach dem Attentat auf Rudi nicht einfach so davonkommen. Überall wurde entsetzt, wütend und verzweifelt gegen Springer demonstriert. Die Auslieferung seiner Hetzprodukte sollte verhindert werden. Friedrich trieb es aus dem Teufelsmoor nach Hannover zur Blockade von Springer.

Die geistige Verwirrung, die man dem Attentäter auf Dutschke bescheinigte, scheint sich ausgebreitet und bis heute gehalten zu haben. So entblöden sich manche Kommentatoren nicht, das schlechte Abschneiden des deutschen Bildungswesens in den Pisa-Studien als Folge der APO und der 68er Bewegung zu sehen. Auch für die Kriminalitätsentwicklung oder die berechtigte Wahlabstinenz vieler Menschen sehen diese geistig verwirrten Menschen die Wurzeln in der Bewegung von 68.

Endlich war er das geworden, was er werden sollte. Er war bei der Ärztekammer zugelassen. Er war analytischer Kinder- und Jugendlichen-Psychotherapeut. Welch schrecklich unverständliche Bezeichnung. Aber eine Arbeit, die für Friedrich von dem großen Schneider Schicksal wie angegossen zugeschnitten war. Würden andere sagen. Aber Friedrich war doch eher sein eigener Schneider gewesen. Trotz aller Brüche und Sprünge hatte er schon das getan, was die Mutter ihm suggeriert hatte: „Werde der, den ich verloren habe." Aber er hatte auch auf Sartre und Camus gelauscht und das aus sich gemacht, was er ist.

Und nun ist er Therapeut. Das schulische Versagen damals als Kind und das als Lehrer sind in der Vergangenheit versunken. Der Volksmund sagt so wahr: Der hat aber noch Leichen im Keller.

Familien mit Leichen im Keller kamen mit ihren Kindern in seine Praxis. Sie wussten nichts von diesen Leichen. Erlebten aber, was diese in der Familie, dem Kind oder Jugendlichen anrichteten. Welche Krallen in ihnen wüteten. Aber dass es solche Krallen und der Gestank der Leichen im Keller waren, musste erst in der therapeutischen Arbeit aufgedeckt werden.

Es kamen die Mühseligen und Beladenen: Einkoter. Bettnässer. Sich selbst verletzende Jugendliche. Die mit Rasierklingen an sich schnippelten: Brennende Zigaretten auf ihrer Haut ausdrückten. Sich Haare büschelweise ausrissen. Magersüchtige Mädchen und Jungen. Depressive, Suizid Gefährdete. Kontaktverweigerer. Stotterer. Sprachlose. Von Waschzwängen geplagte. Manche konnten die Dusche nicht verlassen. Andere wuschen sich stundenlang die Hände. Schrubbten sich ohne Unterlass im Genitalbereich. Spielsüchtige. Von Ängsten geplagte. Verfolgungsangst. Höhenangst. Schulangst. Von Phobien gepeinigte. Von Hautkrankheiten gequälte. Sexuell misshandelte. An Körper, Geist und Seele Vergewaltigte.

Die Kette psychisch bedingter Krankheitsbilder ließe sich fortsetzen. All diesen Leiden liegen schreckliche Ereignisse und Erfahrungen zugrunde. Tief verletzte Seelen. Sie können sich sogar auf Ereignisse beziehen, die vor Generationen in der Familie geschehen sind.

Immer sind sie mit heftigen Schuld- oder Schamgefühlen verbunden. Auszuhalten war das für die Betroffenen nur, wenn die Ereignisse verdrängt wurden. Verdrängung ist entschieden anders als Vergessen. Vergessenes kann man wieder erinnern. Das lässt sich an einem einfachen Beispiel zeigen: Wie oft kann man sich an einen Namen nicht erinnern. Man hat ihn vergessen. Aber irgendwann taucht er wieder auf. Von Verdrängtem aber weiß man nichts mehr. Es lagert und lauert im Unbewussten, ist die Leiche im Keller.

Verdrängtes hat die Eigenschaft, irgendwann wieder aufzutauchen. Das muss es sogar. Denn das Trauma, das schreckliche Erlebnis, drängelt sich mit aller Macht ans Licht. Allerdings in einer Art und Weise, in der es nicht erkannt werden will. So kann sich zum Beispiel durch verdrängte sexuelle Misshandlung ein Waschzwang entwickeln. Der darunter leidende Mensch fühlt sich schmutzig. Viele andere Krankheitsbilder können ebenfalls durch sexuelle Misshandlungen ausgelöst werden.

In der therapeutischen Arbeit geht es darum, dem Leidenden zu helfen, das Verdrängte, zu entdecken. Und die damals empfundenen Gefühle wieder im schützenden therapeutischen Rahmen zu erleben und zu bearbeiten.

Für den Heilung Suchenden ist das mit erneutem Schmerz verbunden. Für den heilenden Helfer nicht minder schwer. Friedrich hat ja selbst viele verletzende Erlebnisse erlitten. Er hat sich davon in mehreren Therapien befreien können. Aufgrund dieser Erfahrungen konnte er sich gut in die Leidenden einfühlen. Es war nicht nur studierte Theorie, mit der er arbeitete und helfen konnte. Durch die eigenen erlittenen Qualen hatte er ein Gefühl für die Qual der Leidenden. So betrachtet, machen seine traumatischen Erlebnisse, seine Brüche einen Sinn. Einen Sinn für ihn. Für die Menschen, mit denen er arbeitete.

Er bleibt ein Wanderer zwischen zwei Welten. Auf der Beerdigung eines ihm gut bekannten Professors wurde „Geh aus mein Herz und suche Freud" gesungen. Drei Tage vorher, auf seiner Goldenen Konfirmation in seinem Heimatdorf war es auch gesungen worden. Er war zur Goldenen Konfirmation eingeladen worden, obwohl er schon vor Ewigkeiten aus der Kirche ausgetreten ist.

Beide Ereignisse rührten seine Seele. Sie erhob sich still aufsteigend wie eine Lerche. Neugierig blickte sie aus dieser Höhe auf die beiden Ereignisse, Orte und Menschen. Konnte aber kaum den ausgelösten Gefühlen folgen. Es fühlte sich an, wie am falschen Ort zu sein, nicht dazu zu gehören und ein Fremder zu sein. Dennoch: Beide Welten sind ihm vertraut. Zwischen ihnen pendelt er. In ihnen lebt er.

Die Goldene Konfirmation war geprägt von Kostümen, Anzügen, weißen Blusen und Hemden. Die Frauen waren vorher noch beim Friseur oder hatten sich selbst die Haare adrett gelegt. Die Kleidung variierte zwischen schwarz und grau. Friedrich war der einzige Langhaarige und bunt Gekleidete. Er kam sich vor wie ein Kolibri, der sich in einem Starenschwarm verstecken will. Auf der städtischen Beerdigung tummelten sich langhaarige Frauen und Männer. Sie trugen Brillen, die vom vielen Lesen abgewetzt waren. Bunte Schals und Tücher bei Männern oder Frauen blähten sich im Wind. Viele Männer waren bärtig. Nicht mehr so wild wie damals. Grauer geworden. Keiner hatte sich besonders angezogen. Sie kamen in bunter, legerer, salopper Kleidung.

Nur die Pastorinnen der Beerdigung und der Goldenen Konfirmation glichen einander. Die dörfliche Pastorin sprach über Beziehungen zwischen den Menschen. Zitierte Horst Eberhard Richters neueste Studie zum sozialen Handeln. Richter machte darin eine Änderung weg vom Geiz-ist-geil-Denken hin zu mehr Miteinander aus.

Auf der Beerdigung des Professors drängelten sich Professoren am Rednerpult. Sie zwangen Kant, Hegel, Marx, Freud, Adorno und Horkheimer, aber auch Ernst Jünger und Carlo Schmidt, am Sarg vorbei zu stolpern. Ein Professor, „fast so bekannt wie Habermas", versuchte hinter Intellektualität seine Betroffenheit zu verstecken.

Selbst am Kanzler der Bosse, der viele der hier versammelten Linken tief enttäuscht hatte, rieb sich einer der Professoren. Sein Ärger, seine Wut und Enttäuschung brausten über den Sarg. Ließen den Toten wie hinter einer spanischen Wand verschwinden. Nur ein Redner sprach den Toten, an den Sarg gewandt, mit seinem Vornamen an.

Da huschte ein Lächeln über Friedrichs Seele. Flink wie eine Eidechse, die beim Sonnenbaden auf einem warmen Stein aufgeschreckt wird. Er erinnerte sich an die Beerdigung seines Vaters. Die Redner begannen alle, zu dem Sarg gewandt, mit: „Lieber Fritz". Als sei der Vater noch lebendig. Anwesend. Die Redner erzählten Anekdoten aus dem Leben des Vaters. Tränen kullerten dabei manchem Redner aus den Augen.

Auf der Beerdigung des Professors versteckte sich die Betroffenheit hinter Wissen. Es klang zwar an: „Ich habe ihn gekannt. So war er." Doch es hörte sich eher nach soziologischem, philosophischem oder politischem Seminar an. Fast nach einer Tagung des SDS, dachte Friedrich zornig. Die Reden der Professoren auf ihren Kollegen wurden später auch noch zu einem Buch gemacht. So kann man auch mit Trauer umgehen. In Friedrichs Heimatdorf wird lieber geredet und werden Anekdoten erzählt.

Die Worte des Abschieds der Witwe stellten für Friedrich wieder die Verbindung zwischen diesen Welten her. Sie wurden von einer Freundin vorgelesen. Sie trafen das Herz. Der Tote war nicht hinter wissenschaftlichen Erörterungen verschwunden. Er habe in der letzten Zeit oft und gern gesungen: „Geh aus mein Herz und suche Freud." Da kullerten bei Friedrich die Tränen.

Bei der Goldenen Konfirmation noch nicht, aber hier konnte er es mitsingen. Schon in seinem Dorf hatte er sich gewundert, dass ihn ein Lied von 1635 so anrührt. Hier begriff er: Trotz Ulrikes Tod darf er Freude suchen, empfinden und genießen.

Aber Trauer brach beim Herablassen des Sarges über ihn herein, wie ein Hagelschauer an einem lauen Sommertag. Der laute Schrei der auf den Sarg polternden Erde tat ihm körperlich weh. Erinnerungen stürzten sich blitzschnell auf ihn.

Bei Ulrikes Beerdigung war er nicht in der Lage gewesen, Erde auf den Sarg zu werfen. Aus Angst, sie könnte sich bei dem Knall erschrecken. Die Witwe konnte es auch nicht, wie er erstaunt und verständnisvoll beobachtete. Da fühlte er sich nicht mehr so fremd. Er konnte seine Wanderung zwischen diesen beiden Welten aushalten.

Beide Welten sind ihm vertraut. Er kennt sich in ihnen aus. Sie geben ihm ein Zuhause. Aber keine Heimat.

Die Mutter hat es auch nicht leicht gehabt. Ihre große Liebe starb. Ein Lebenstraum zerplatzte. Der Krieg. Ihr Mann Alkoholiker. Die Ehe mit ihm wurde immer unerträglicher. Mehrere Abtreibungen hatte sie zu verkraften. Freimütig hat sie darüber geredet.

Mit dreiundfünfzig wurde sie Witwe. Nach dem Tod des Mannes war sie nicht mehr die Wirtin, deren Kaffee berühmt war. „Dörchen Kaffee" hieß er im Calenberger Land. Deren Roastbeef mit Remoulade, Brot oder Bratkartoffeln Gäste von weit her anlockte. Was war sie für eine Köchin. Nach ihrem Tod hat er sich ihr Kochbuch genommen. Die meisten Rezepte sind in Sütterlin verfasst. Er kann es lesen. Für hundert und mehr Personen zu kochen, war eine Kleinigkeit für sie.

Sie konnte seinen linken und antiautoritären Freundeskreis akzeptieren. Geduzt wurde sie von seinen Freunden. Dorette war sie für die. Sie konnte sich auch in ganz fremder Umgebung, ohne die Sprache zu können, durchsetzen.

Ulrike und er nahmen sie in ihrem hohen Alter oft mit auf Reisen. Zuerst über Weihnachten zum Skilaufen. Damit sie am Tag nicht ganz allein war, wurde eine Tante von Ulrike mitgenommen. Die beiden Frauen kamen vom ersten Sonnenbad auf einer Skihütte mit einem schlimmen Sonnenbrand im Gesicht zurück. Trotz Ermahnungen, wie gefährlich die Sonne im Schnee ist, hatten sie sich nicht eingecremt. Nun wurde Friedrich zur Mutter der Mutter. Er sagte den beiden Frauen: „Ihr kommt Morgen nur wieder mit auf die Hütte, wenn Ihr Euch eincremt und auch Mütze und Sonnenbrille aufsetzt. Falls ich Euch ohne erwische, bringe ich Euch sofort zurück ins Hotel." Versprochen wurde es. Noch im Lift ermahnte er sie ernsthaft. Dann sausten Ulrike und er los. Als sie nach zwei Stunden zur Skihütte zurückkamen, hörten sie die Tante sagen: „Schnell Mützen und Sonnenbrillen auf, sie kommen!" Ulrike und er mussten so lachen, dass sie ihren Ärger vergaßen.

Sie nahmen sie einmal mit in die Toskana. Kaum über die italienische Grenze gekommen, ließ sie ihren Vorurteilen freien Lauf: „Schaut Euch doch mal an, wie ungepflegt die Häuser sind. Wie dreckig es auf den Straßen ist. Die Italiener sind doch alle faul." Da bekam sie aber was zu hören.

Als sie durch die vielen Tunnel bei Genua fuhren, bemerkte Friedrich bei jedem: „Da haben die Italiener aber fleißig gearbeitet." Beim Abendessen sagte die Mutter plötzlich: „Nein, wie fleißig die Italiener sind. Ich verstehe gar nicht, warum man bei uns so schlecht über sie redet."

Als sie neunundsiebzig war, äußerte sie den großen Wunsch, einmal nach Frankreich zu fahren. Sie fuhren mit ihr an die Kreideküste der Normandie. Dort kannten sie einen verträumten Hafen. Auf dem Weg mussten sie schon das erste Mal lachen. Es war Tradition bei ihnen, sofort bei der ersten Gelegenheit in Frankreich, einen Espresso zu trinken. Die Mutter bestellte einen Kaffee. Die ehemalige Gastwirtin Dorette bemerkte sofort die Sprünge in der Tasse und empörte sich: „Damit darf man doch keinen Kaffee mehr servieren." Und ließ sie vor dem Weggehen aus Versehen fallen.

Die Mutter hatte Zucker. Mit dem haderte sie ständig und hielt sich an keine ärztlichen Anweisungen. Oft gab es deswegen Ärger. Bis Friedrich sich sagte: „Sie ist so alt geworden. Was hat sie sonst noch vom Leben. Lass sie doch einfach genießen." Danach konnte er ihre Übertritte besser aushalten.

Am ersten Abend in dem französischen Hafen gingen in ein vornehmes Restaurant. Die Mutter saß noch gar nicht, da rief sie schon laut durchs Lokal: „Herr Ober, nun aber!" Das war einer ihrer berühmt-berüchtigten Ausrufe. Ungeduldig war sie. Selbst beim Arzt posaunte sie: „Ich bin Frau Rodewald aus Rössing. Nun muss ich aber an die Reihe kommen."

Der Ober kam geeilt. Wahrscheinlich hatte er einen Schreck bekommen und dachte, es sei etwas passiert. Die Mutter überfiel ihn mit einem empörten Redeschwall: „Herr Ober, ich habe

Zucker. Ich brauche ganz schnell etwas zu Essen. Am Besten eine klare Brühe mit Brot und Wasser. Aber schnell muss es gehen." Der Ober schaute Friedrich verdutzt an und der übersetzte den Wunsch der Mutter. Überall sprach sie von ihrem Zucker, als sei er ein lästiger Partner.

In diesem Hafen hatten sie eine Wohnung gemietet. Die war ein wenig staubig. Als Ulrike und Friedrich von einer Wanderung zurückkamen, war die Mutter eifrig mit dem Staubtuch zugange. So hätte sie das gesagt. Auf die Frage, woher sie Staubtücher habe, antwortete sie: „Da um die Ecke ist doch ein Kurzwarenladen. Da bin ich hingegangen und habe gesagt, dass ich ein Staubtuch und einen Wedel brauche. Die haben mich aber nicht verstanden. Da habe ich lauter gesprochen und besonders gut betont: Ein Staubtuch bitte. Und als sie mich immer noch fragend ansahen, bin ich zu einem Regal gegangen, habe mit dem Finger drüber gewischt und den Staub von der Kuppe gepustet und dann Wischbewegungen gemacht. Und schon hatte ich das Gewünschte."

Kurz nach dem Urlaub in Frankreich briet sie im Dezember zu Hause eine Gans. Für die Familie ihres Sohnes Kurt, Ulrike und Friedrich. Es war ihre beste. Braun, knusprig und nicht trocken. Gefüllt mit Boskop und Rosinen. Auch die Mutter schlug kräftig zu. Am Nachmittag ging sie zur Adventsfeier des Roten Kreuzes. Da musste sie sich schon übergeben. Hatte aber nichts zu Kurt und Margret gesagt. Am frühen Montagmorgen rief sie bei ihnen an und sagte, dass es ihr sehr schlecht gehe. Sie holten die Mutter in ihre Wohnung. Riefen den Arzt an.

Der kam und fragte nach der Untersuchung, was sie denn gestern gegessen habe. „Ach, Herr Doktor, ich habe doch nur ganz magere Gans gegessen." Trotz des besorgniserregenden Zustandes der Mutter sagte der Doktor lachend: „Ich habe noch nie etwas von einer ganz mageren Gans gehört."

Am Nachmittag starb die Mutter im Sessel. Sie hatte sich so auf ihren achtzigsten Geburtstag gefreut.

Er ist angekommen. Da wo er nie war. Bei sich. In der Heimat. Die aus der Kindheit aufscheint, wie Ernst Bloch es formuliert hat. Trotz des Geriesels der Worte im warmen Wasser. Der Brüche und Sprünge. Der Irrwege und Umwege. Der Verzweiflung. Der Tragödien und Traumen. Er hat nie das verloren, was Ernst Bloch das „Prinzip Hoffnung" nannte. Um dieses zu klären und zu erklären benötigte Bloch drei dicke Bücher. Um das zu begreifen, brauchte Friedrich ein Leben.

Die Sehnsucht nach der Heimat Kindheit zieht ihn dorthin zurück. Wie ein süchtiger Marathonläufer vom Ziel angelockt wird. Friedrich lief sein ganzes Leben, um das Ziel Kindheit zu erreichen.

Die Hoffnung verließ ihn auch dann nicht, als Ulrikes Orkantod die Heimat zersplittern ließ. Wie ein Stein die klare, durchsichtige Eisfläche in klirrend singende Sprünge splittert.

Über Friedrich kann man sagen: Er ist der kleine Junge, der das Dorf erkundete und die Handwerker aufsuchte. Und er ist der große Junge, der oft das Weite suchte, weil ihm diese die Rettung zu sein schien.

Er ist der kleine Junge, der während des Krieges den schrecklichen Phosphortraum hatte, in dem er glaubte zu verbrennen. Und er ist der große Junge, der Angst haben musste, ermordet zu werden.

Er ist der kleine Junge, der das Gras wachsen hörte. Und er ist der große Junge, der zuhören kann, um zu verstehen, was sich hinter den Wörtern verbirgt.
Er ist der Gymnasiast, der wegen der Note „mangelhaft" in Sprachen und Geographie von der Schule geworfen wurde.

Und er ist der große Junge, der mehrere Sprachen spricht und ein Reisetagebuch über Mittel- und Südamerika veröffentlich hat.

Er ist der kleine Junge, der betete: „Hab ich Unrecht heut getan, sieh MICH lieber Gott nicht an." Und er ist der große Junge, der gelernt hat, zwischen: sieh MICH nicht an und: sieh ES nicht an zu unterscheiden.

Er ist der kleine Junge, der sich ungeliebt fühlte. Und er ist der große Junge, in den sich die außergewöhnliche Ulrike verliebte.

Er ist der kleine Junge, über den gesagt wurde: „Aus dem wird nichts, der kann von mir aus Straßenfeger werden." Und er ist der große Junge, der wurde: Großhandelskaufmann, Handelsreisender, Soldat, Kriegsdienstverweigerer, Reiseleiter, Lehrer, Gewerkschaftsfunktionär, Redakteur, Hochschullehrer und analytischer Therapeut mit eigener Praxis.

Er ist der kleine Junge, der jede Schwalbe kannte, die auf dem elterlichen Hof nistete. Und er ist der große Junge, der einen Distelfink-Mischling und einen sprechenden Papagei besitzt.

Er ist der kleine Junge, der sich häufig etwas brach. Und er ist der große Junge, der trotz aller seelischen Erschütterungen, Brüchen und Sprüngen nicht gebrochen werden konnte.

Er ist der kleine Junge, der sich oft verletzte. Und er ist der große Junge, dessen Seele voller Narben ist.

Er ist der kleine Junge, über den die Weißnäherin sagte: „Düt, dat wat een gentleman." Und die hörte auch das Gras wachsen.

Schon im warmen Wasser war er ein Hörender und Fühlender. Er ist es geblieben. Er ist, was er war. Er war, was er ist.

Zum Schluss eine Geschichte. Sie wurde Friedrich von der Schweizerin Claudia für seine Gastfreundschaft geschenkt. Sie hatte einige Tage bei ihm in seinem Cottage gewohnt.

Claudia reiste allein mit dem Fahrrad durch Irland. Auf dieser Reise kam sie auch an einem alten Friedhof vorbei. Sie hielt an und betrachtete die Gräber mit ihren irischen Kreuzen. Unzählige steinalte, fast verwitterte Grabsteine. Überwuchert von Gras.

Auf der Friedhofsmauer saßen zwei fast ebenso alte Iren. Claudia plauderte mit ihnen. Sie sagte ihnen, dass sie die Geschichte dieses Friedhofs kenne. Die beiden Männer wunderten sich darüber. Als Iren waren sie sehr erpicht auf Geschichten. Also erzählte Claudia ihnen:

Vor langer Zeit kam ein alter Mann auf diesen Friedhof. Etwas an ihm lockte ihn. Dieser Mann war neugierig. Er wollte wissen, wer hier begraben liegt. Auch damals waren die Grabsteine schon von Moos, Gras und Efeu verhüllt. Aber sie waren untergegangen in einem Meer weißgelber Narzissen und ottergelber Osterglocken. Es war März.

Der alte Mann schob bei einem Grabstein das gelbe Meer beiseite und entzifferte mühsam die Inschrift: Charley Boyle, geboren 1817, gestorben 1821. Mein Gott, dachte der alte Mann: Dies Kind ist früh gestorben. Er ging zum nächsten Grab. Dort stand: Meiread McDermott, geboren 1831, gestorben 1834. Bedauern und Neugier wuchsen in ihm. Jedem Grabstein konnte er entnehmen, dass die Toten mit wenigen Jahren gestorben waren. Was mag hier wohl passiert sein, fragte er sich.

Da sah er auf der Friedhofsmauer einen steinalten Mann mit tiefen Furchen im Gesicht sitzen. Sein Antlitz schien von einem Schleier aus Trauer überzogen. Durch ihn schimmerte der Glanz von Weisheit. In seinen dürren Händen hielt er ein dickes, rotes Buch. Der verwirrte Mann ging zu dem Alten. Er fragte ihn, ob er wisse, was hier passiert sei. Warum alle Menschen nach wenigen Jahren gestorben seien.

Der weise alte Mann erzählte ihm: „In diesem Buch halte ich alle Momente, Minuten, Stunden und manchmal auch Tage der Menschen fest, die sie wirklich gelebt und sich selbst gemocht haben. Wenn sie dann sterben, manchmal in hohem Alter, dann zähle ich diese Momente, Minuten und Tage zusammen. Und nur diese Zeit, die sie wirklich gelebt haben, kommt dann als Inschrift auf den Grabstein."

Claudias Geschenk rührte Friedrich. Er freute sich. Denn er hat ja gelernt, sich selbst zu mögen. Und er erlaubt sich, das Leben trotz aller Tragödien, Brüche und Sprüngen zu genießen. Er hat sich ihnen ja bewusst gestellt. Also gelebt.

Über Friedrich kann der letzte Satz in Büchners „Lenz" abgewandelt werden: „Sein Dasein war eine lehrreiche Last. – Mit seiner Kraft und Neugier lebte er es."

Auf seinem Grabstein wird eine hohe Jahreszahl stehen.

Nachwort

Friedrich ist gestorben wie er gelebt hat: überraschend und ungewöhnlich.

Nach der Rückkehr von einem Boule-Tournier fand man ihn zwei Tage später tot in seiner Wohnung. Die Wohnungstür stand offen.

Friedrich wurde 70 Jahre alt.